빅허그

빅허그

멍멍이, 야옹이, 너 그리고 나의 상상 일상 단상

초판 1쇄 발행 2020년 7월 7일

지은이 박형진
편집인 옥기종
발행인 송현옥
펴낸곳 도서출판 더블:엔
출판등록 2011년 3월 16일 제2011-000014호

주소 서울시 강서구 마곡서1로 132, 301-901
전화 070_4306_9802
팩스 0505_137_7474
이메일 double_en@naver.com

ISBN 978-89-98294-78-6 (03810)

빅허그

명멍이, 야옹이,
너 그리고 나의
상상 일상 단상

글·그림 박형진

더블:엔

오래 전부터 동물을 키우긴 했지만, 내가 전적으로 보호자가 되어 보살피기 시작한 건 몇 해 되지 않는다. 먹이를 챙겨주고 산책을 시키고 병원에 데려가는 등 녀석들을 돌보는 일은 지금 나의 일상에서 중요한 부분을 차지하고 있다.

내가 돌보는 동물들과의 이야기를 '글'로 남겨보기로 마음먹은 지는 좀 되었다. 지나간 시간들을 돌아보니 소중한 순간들이었다. 그때 그러지 말았어야 했는데 하는 안타까움도 있지만 그때그때 최선을 다했던 거라면 후회할 필요는 없다. 어쩌면 나이를 먹는다는 건 이 모든 상황에 '유연'해지고 그간의 복잡한 것들을 정리하여 '미니멀'해지는 과정이라고 생각한다. (애니멀과는 미니멀해지지 못했지만;;)

노트에 적어두었던 글과 새로 쓴 글들을 수십 번 고치면서 깨달았다. 나이가 더 들면 더 좋은 글을 쓰게 될 줄 알고 계속 미룬 것은 크나큰 오산이었다는 걸! 그때그때마다 쓸 수 있는 걸 쓰면 됐는데 말이다.

지금이라도 깨쳤으니 다행이다. 그리하여, 40의 끝자락에 이 글들을 책으로 만들게 되었다. 오래 기다려주신 '송편' 송현옥 편집장님! 고맙습니다!

모쪼록, 나의 이 소소하고 개인적인 이야기들이 누군가를 미소 짓게 하고 누군가에게는 심심한 위로가 되며 또 누군가에겐 작은 용기를 줄 수 있길(바라는 건 넘 큰 바람이겠지만 그래도 혹시 모르니) 바래본다.

며칠 따뜻해서 봄이 온 줄 알았는데, 함박눈이 내리고는 또 춥다. 매년 3월 말이면 나의 작은 화단에 꽃을 피우는 보라색 히야신스를 얼른 만나보고 싶다.

어느새 거실로 아침 햇살이 들어오기 시작한다. 촤라락! 블라인드를 올려 오늘의 하늘을 확인하고, 잠시 후엔 비밀 계단을 내려가 녀석들과 아침 산책을 나갈 것이다. 이렇게 또 오늘을 시작한다.

2020년
이른 봄
박형진

차 례

멍
냥
다
반
사

5멍
1냥

　비가 쏟아지는 밤이면 귀여운 새들은 어디서 긴긴 밤을 지새우다가 아침에 나타나는 걸까? 이렇게 주룩주룩 비가 내리는 날에는 은근 걱정이 된다. 오늘처럼 비가 오던, 2년 전 봄 어느 날, 시골집에 있던 남편으로부터 다급한 전화가 한 통 걸려왔다.
　"여보! 마당에 어린 강아지 한 마리가 나타났어!"

　웬 강아지? 뭔 일인가 싶어 자세히 얘기해보라고 했다. 지붕이 뚫어질 것 같이 비가 쏟아지고 있는데 개들이 심하게 짖고 낑낑거리는 소리가 나서 살펴보니, 비를 쫄딱 맞은 새끼강아지 한 마리가 마당 한쪽에서 비를 피하고 있었다고….

　임시 거처를 마련해주고 몇날 며칠 수소문을 했지만 결국 그녀석의 주인은 찾을 수 없었다. 생후 한 달도 안 돼 보이는 녀석이 도대체 어디서 온 걸까?

아마도 누군가 버리고 간 것 같았다. 우리는 하는 수 없이 그 '업둥이' 녀석을 거두기로 했다. 그 후 녀석은 양평 작업실로 오게 되었는데, 멍멍이 형과 누나들을 보자마자 친구를 먹었고 나는 원래 알고 있던 사람 취급을 한다. 게다가 보통 어린 강아지들은 찡찡거리고 배변 실수를 하기 마련인데 그 어린 것이 실외배변 하는 형 누나를 따라다니며 첫날부터 용변을 가리는 게 아닌가!

나는 이 똘똘한 녀석을 '똘똘이'라 이름 지어주고 우리 집 개들과 함께 지낼 수 있도록 해주었다. 그리하여 2018년 5월 5일 '개린이 날'을 기점으로, '5멍 1냥' 체제가 완성되었다.

너에게 2017 acrylic on canvas 181.8×227.5cm

유시진! 너의 과거까지 사랑해! 라고 쓰고, 이 녀석의 정체를 공개합니다

아랫집 삼총사(부모님께서 키우던 '팬더', '이쁜이', '꼬마')와 산책을 다니던 중, 동네 어귀에서 베이지색 얼룩의 뉴페이스를 발견했다. 어? 처음 보는 녀석인데… 어디 사는 개지? 첫 만남부터 경계하는 기색도 없이 무심한 듯 다가왔다가 제 갈 길을 가는 모습이 꽤나 인상적이었다. 그 후에도 녀석은 우리 집 근처까지 올라와 주변을 맴돌았고, 나는 '뭐지? 설마 날 찾아온 거야?' 라고 생각했다. 솔직히 나도 싫지는 않았던지라, 당시 최고 인기드라마의 남자주인공 이름을 따서 '유시진'이라고 이름을 붙여주었다. 뭐 돈 드는 것도 아니니까….

유시진은 사라졌다가 나타나기를 반복했고, 녀석이 한동안 안 보이면 궁금했다. 멀리서 날 바라보는 유시진을 발견할라치면 너무 반가웠다. 그런데 언제부턴가 유시진이 우리 집 근

—

My dog 2016 acrylic on canvas 45.5×60.6cm

—

처에 자리를 잡고 상주하기 시작했다. 한 달이 좀 넘었을까…
이러다가 아예 우리 집에 눌러앉을 것 같아 더 이상 이 떠돌이
개를 방치하면 안 되겠다고 판단해 주인을 찾아주기로 마음
먹었다.

먼저, 유시진을 동네 이장님께 데리고 가서 사정을 말씀드
리고 도움을 요청했다. 그리고 군청에 연락을 했더니 인근 유
기견 보호소에서 개를 데려가도록 조치를 해준다고 했다. 문
제는 주인이 찾아오지 않거나 새 입양자가 나타나지 않으면
개를 안락사 시킨다는 데 있었다. 왠지 불안한 마음이 들어,
유시진의 신상정보만 홈페이지에 올린 후 임시보호를 하겠다
고 했다. 나도 유시진과 함께 여기저기 다니며 주인 찾기를 시
도했지만 유시진을 찾는다는 연락은 오지 않았고, 보호기간
인 열흘이 지나 담당자에게서 전화가 왔다.

"네? 이 건강한 개를 안락사 시킨다고요?"

"네! 지금으로서는 별다른 방법이…."

"그럼, 이 개를 살릴 수 있는 방법은 없나요?"

"새로운 입양자가 나타나지 않는 한 딱히…."

예상은 하고 있었지만 안락사라는 말을 내 귀로 직접 듣게
되니 너무 당황스러웠다. 마음이 다급해진 나는 담당자에게
외쳤다.

"그럼, 제가 이 개를 입양할게요!"

2016년 6월 8일, 군청 담당부서를 방문하여 유기견 입양 서류에 사인을 하였고, 그렇게 유시진은 내 곁으로 오게 되었다. 지금 생각해보면, 유시진을 살리기 위한 어쩔 수 없는 선택이었지만, 아무런 마음의 준비도 없이 덜컥 입양을 결정한 게 과연 잘한 일인가? 하는 생각도 들었다. 유시진을 내가 돌볼 수 있게 되어 마음이 놓이긴 했지만, 미처 생각지 못한 부분들이 있음을 좀 늦게 깨달았다.

유시진을 유기견으로 신고해버린 이상 이전처럼 동네를 자유롭게 떠돌아다니도록 방치할 수가 없었다. 한마디로 나는 유시진을 책임져야 하는 입장이 된 것이다. 주인을 찾아주겠다는 순수한 목적으로 유기견 신고를 했지만, 결과적으론 이 녀석을 자유롭지 못하게 한 건 아닌가? 모른 척 그냥 놔두었다면 한동안 떠돌다가 주인을 찾아갔을 수도 있을 텐데… 나의 선의가 유시진과 원 주인에게는 오히려 해가 된 건 아닐까? 한동안 혼란스러웠다.
하지만 내 나름 최선을 다했고 만에 하나 버려진 개였을 수도 있기에, 유시진의 새로운 보호자가 된 지금의 상황을 겸허히 받아들이기로 했다.

가끔, 긴 줄을 하고 산책길을 나서 본다. 혹시라도 원래 살던 집을 찾아가지 않을까 해서. 하지만 다행히도 유시진은 지금 이곳과 내가 좋은 모양이다.

유시진! 이왕 이렇게 된 거, 우리 오래도록 건강하고 행복하게 잘 살아보자!

● 4년 전 봄, 유시진이 우리 집에 찾아온 진짜 이유를, 입양하고 얼마 후 알게 되었다. 우리 집에서 언덕을 조금 내려가면 부모님 댁(이하 '아랫집')인데, 그 곳의 암컷 두 마리가 유시진 판박이들을 출산한 것이다. 순진한 눈빛의 유시진은 암놈 두 마리를 동시에 임신시킨 책임감 때문이었는지 그녀들 주변에 머물고 있었던 것이다. 모쪼록, 유시진은 우리집으로 입양됨과 동시에 카사노바 생활을 깨끗이 청산하고 중성화 수술 후 새 삶을 살고 있다.

개버랜드
: 질투의 화신 '꼬마'의 역습

　　2018년 봄, 우리 집 멍멍이들 사이에서 '싸움'이 일어났다. 2인자 '팬더'가 3인자 '꼬마'를 살살 괴롭히는 일이 시작되었고, 조금씩 강도가 세지더니 급기야는 말리기 힘든 지경까지 이르고 말았다. 2인자로 군림하던 팬더는 1인자 유시진을 제외한 모든 개들을 종종 괴롭혔는데 3인자였던 꼬마를 특히나 괴롭혔다. 그런데 싸움의 초반에는 꼬마가 일방적으로 당하는 것 같았지만, 어느 순간 꼬마가 팬더를 공격하는 양상으로 싸움의 흐름이 바뀌었다. 어느 날 참다참다 폭발한 꼬마가 팬더에게 반격을 가했다. 주말 저녁, 두 녀석이 심하게 싸우기 시작했고, 나는 그 개싸움을 말리다가 손을 물려 병원까지 다녀오는 사건도 발생했다. (당시 상처가 크지는 않았지만, 약사님의 권유로 응급실에 다녀왔다)

싸움을 말리며 지켜보던 나는 이 문제를 해결하고자 책과 영상을 수도 없이 찾아보았다. 그러면서 이 싸움의 진짜 원인은 '나'에게 있다는 걸 알게 되었다. (이놈의 인기ㅠㅠ) 꼬마는 나와 같이 생활하게 되면서 너무나 만족스러운 것인지 종종 나에게 집착하는 행동을 하고는 했는데, 자신을 괴롭히던 팬더를 상대로 꼬마의 '질투심'이 폭발한 것이다.

이렇게 어느 정도 원인 파악은 되었지만, 녀석들의 싸움을 말리기엔 역부족이었다. 둘의 싸움은 날이 갈수록 심해져 결국, 한 공간에 둘 수 없는 지경에 이르렀다. 고심 끝에 싸움 난 두 녀석을 분리시키기로 했다. 강아지들의 생활공간을 안전문과 칸막이로 나누어 서로 보이지도 않고 만나지도 못하게 했다. 그러려니 출입시 한 녀석을 잠시 떼어놓는 '대합실' 역할을 하는 공간이 필요해졌다. 그래서 구상한 것이 바로 '개버랜드'이다.

단짝 2017 watercolors on paper 26.5×38.5cm

작업실 남쪽의 커다란 유리 출입문과 6.5m 외벽이 맞닿은 삼각형 모양의 부지를 확보하였고, 이곳을 개들의 놀이공간 겸 대합실로 개발하기로 마음먹었다. 몇 날 며칠 심혈을 기울여 도면을 그린 후, 토목공사 전문이신 김 사장님께 의뢰하여 바닥 공사를 하고, 1.2m 높이의 새하얀 펜스를 쳐서, 공사 시작 당일에 초스피드로 완공하였다. 2018년 7월 5일, 이렇게 만들어진 '개버랜드'는 현재까지도 우리집 '개린이' 와 '개르신' 들의 휴식 공간, 놀이터, 대합실 역할을 훌륭히 해내며 성업 중이다.

이곳의 이름이 '개버랜드'인 이유는 멍멍이들을 위한 각종 오락&편의시설이 갖춰져 있기 때문이다. 벽면이 오픈되는 플라스틱 양옥집, 이글루 모양의 동굴형 집 등 여러 모양의 개집이 놓여 있고, 날이 좋을 때는 방킬라이 천연 데크목으로 제작한 이동식 데크에서 일광욕을 즐길 수 있다. 개버랜드에서 1m 거리에는 수돗가가 자리 잡고 있어서 물사용도 용이하다.

새싹 2018 watercolors on paper 16.7×16.7cm

널찍한 스테인리스 물그릇에는 깨끗한 식수가 준비되어 있고 한여름에는 개전용 미니 수영장을 설치하여 물놀이와 목욕이 가능하다. 98% 햇볕 차단의 4중직 차광막과 코코넛 발매트를 활용한 배변판도 준비되어 있다. 그 외에도 간식 제공, 귀 청소, 네일 케어와 안마 서비스를 제공한다. 그야말로 콧바람 쐬면서 자다 놀다 할 수 있는 멍멍이 최고의 레저시설이다. 하지만 최근 들어 기승을 부리는 가마솥 더위와 장마철, 폭설 때는 일시적으로 휴장을 하기도 한다.

내가 작업을 할 때면 녀석들은 보통 각자의 방석에서 낮잠을 자는데 간혹 작업을 방해할 때는 녀석들을 '개버랜드'로 강제 휴가를 보낸다. 이렇게 되면서 서로 각자의 시간을 가질 수 있고, 생활도 전반적으로 안정되었다. 최근에는 고양이들의 안전과 복지 향상을 위해 실내 놀이터 '냥이 월드' 설립도 추진 중이다.

다견을
돌보는 일

'소라'가 멍멍이 별로 떠난 후, 아랫집 마당에서 키우던 강아지 3마리를 내가 돌보게 되면서 '5멍 1냥' 사달은 시작되었다.

갑작스럽게 소라가 떠나고 한동안 마음이 힘들었다. 그래서 가끔씩 아랫집 마당의 '팬더' '이쁜이' '꼬마'에게 간식도 챙겨주고 산책도 시키면서 친해지게 되었다. 그러고 나니 녀석들은 내가 작업실 현관문만 열어도 눈치를 채고 동네가 시끄럽도록 짖어대기 시작했다. 눈, 비가 많이 오거나 너무 춥고 더운 날은 도저히 그 녀석들을 모른 척할 수가 없어서 작업실 한쪽을 내주어 추위와 더위를 피할 수 있게 해주었다.

그런 후 '유시진'이 합류했고, 노견 '이쁜이'가 죽고 나서는 시골로 보내졌던 소라의 딸 '수지'가 다시 왔다. 이렇게 한동안 '4멍' 체제로 가다가 '똘똘이'가 합류하면서 총 5마리(일명 유꼬팬수똘)의 멍멍이들이 내 작업실에서 생활하게 되었다.

양평으로 작업실을 옮기면서부터 나는 단독으로 보호자가 되어 녀석들을 돌보고 있는데, 이 녀석들은 모두 품종견이 아닌 통상적으로 '똥개'라고 불리는, 요즘 유행하는 말로 '시고르 자브종(시골잡종)'이다. 그럴 수밖에 없는 것이, 나는 녀석들의 품종이나 생김새를 보고 선택한 게 아니라 내 주변에 있던 녀석들을 자연스럽게 받아들인 것이기 때문이다.

이후, 내 생활에도 여러 변화들이 생겼다. 5마리의 강아지를 돌보는 일은 즐겁고 보람되지만 시간이 지날수록(내가 늙을수록;;;) 육체적 정신적으로 버거운 것도 사실이다. 그나마 다행인 것은 녀석들이 모두 중형견 이하의 덩치가 크지 않은 녀석들이라 다루기가 버겁지는 않다. 하지만 몇몇 녀석은 나에 대한 집착을 보이기도 해서 최대한 모두에게 공평하게 대하려고 노력한다. 그렇지 않으면 '질투'를 하기 때문이다. 가능한 한 서로의 심기를 건드리지 않도록 차라리 무심하게 행동한다. 또, 무엇보다 가장 중요한 건 개체수가 더 늘지 않도록 해야 했기에 수컷인 유시진과 똘똘이는 중성화 수술을 완료했다. ('네루'도 중성화 완료!)

원래 우리 멍멍이 가족의 '개훈'은 '연애 금지'인데 수놈들의 대대적인 '땅콩 제거' 프로젝트로 인해 연애금지령은 전면해제되었다. 이제는 연애를 하든 결혼을 하든 자유다.

—

우리함께 2017 acrylic on canvas 112.3×145.5cm

—

잠 자고 밥 먹는 시간을 빼고는 아래층 작업실에서 대부분의 생활을 하는 내가 녀석들과 작업실을 공유하기로 한 것은 나름 최선의 결정이었다.

지금 녀석들이 생활하는 방식은 (사람)식구들의 건강상태, 생활방식 그리고 주변의 환경 등을 고려하여 결정한 형태다. 우리 집은 외부로 나가지 않고 집에서 작업실로 바로 내려갈 수 있는 전용 비밀? 계단이 있는데 나는 이곳으로 드나들며 녀석들을 보살피고, 어떻게 하면 녀석들과 더 많이 행복하게 살 수 있을지를 매일매일 궁리한다. 녀석들은 이제 산책, 식사, 간식, 배변, 취침 등이 루틴화되어 나도 녀석들도 생활이 전반적으로 안정되었지만, 5명 초기에는 갑자기 늘어난 일감으로 정말 울고 싶을 지경이었다.

배변 실수로 인해 빨랫감이 어마어마하게 생겨서 급기야 개 전용 '세탁기'를 장만했고, 밑도 끝도 없는 '개털' 제거를 위한 개전용 '진공청소기*'와 퀴퀴한 개 냄새를 완화해줄 개털 빨아들이는 '공기청정기'도 필수템이다. 내가 작업실 이외의 공간에 있을 때 소통할 수 있는 반려동물 전용 cctv도 녀석들을 돌보는데 꽤나 도움이 된다. 유시진은 탈장, 스케일링, 꼬마는 유선 종양, 체리 아이 수술을 받았고, 나 혼자 유시진을 태워 병원에 가다가 차 한쪽이 논두렁에 빠진 적도 있었다. 그동안을 돌이켜보니 수많은 사건사고들이 있었다.

이렇게 내 나름대로 지금 처한 상황에 잘 대처하고 있다고 생각하지만 여러 마리의 개를 키우는 일이 '개'와 '사람' 서로에게 여러모로 '힘든' 일이란 걸 부인하진 않겠다.

다견을 돌보게 되면서 이전보다 공부할 게 더 많아졌다. 요즘은 반려동물 교육이나 문제행동 개선에 참고할 만한 좋은 영상들이 많이 있다. TV나 유튜브 채널에선 여러 훌륭한 전문가들이 다양한 반려동물들의 디테일한 훈련과정과 문제행동 해결 방법들을 보여준다.

최근, 강형욱 반려견 훈련사가 진행하는 프로그램 〈개는 훌륭하다〉에 나온 '다견 가정'에 관한 영상을 보면서 앞으로 이 녀석들과 어떻게 살아가야 할지에 대해 한번 더 진지하게 생각해보았다. 강 훈련사는 "다견을 키우는 보호자가 훌륭한 일을 해줘서 감사하고 좋다"면서 한편으론 "정말 밉다"고 한다. 보호자에게 반려견을 더 이상 늘리지 않겠다는 약속도 받아낸다. 불쌍하다고 무작정 입양을 하는 보호자가 결코 좋은 보호자는 아니란 것이다. 동물을 추가로 입양할 경우, 기존의 반려동물은 물론 새로운 동물과 보호자 자신까지도 힘들게 할 수 있다는 걸 명심하고 신중하게 결정해야 한다고 강조한다.

훈련영상 외에도 반려동물들과 어울려 사는 '일상'의 모습을 담은 영상들도 유익하다. 동물들과 같이 산다는 건 '실전'이기 때문이다.

행복아이 2018 acrylic on canvas 41×32cm

강 훈련사의 배우자이며 보듬컴퍼니 이사인 수잔 엘더의 〈마미수잔〉 채널에서는 생김새, 성격이 모두 다른 4마리의 '개'(일명 첼다바레)와 아기 주운이를 포함한 가족들이 어우러져 함께 사는 소소한 일상의 모습을 보여준다. 아기와 반려견이 조화롭게 한 집에 살고 개성이 모두 다른 강아지들이 여유롭게 생활하는 모습들은 그야말로 다견 가정의 롤모델인 것 같다. 물론, 영상으로는 보이지 않는 애로사항도 있을 것이고, 가족 모두의 부단한 노력이 있었기에 가능한 일일 것이다. 소탈한 미소가 매력적인 수잔님의 영상들을 보고 있으면 사람과 반려견들이 자연스럽게 교감하는 모습에 기분이 절로 좋아진다.

나도 녀석들도 앞으로 나이가 더 들면 병도 생기고 아프고 힘이 빠져 결국 하늘나라로 가게 될 것이다. 훗날 지금을 회상하며, 맞아! 그때 녀석들과 그렇게 살았었지! 개버랜드라니! 완전 개판이었구먼… 하며 지금의 녀석들을 추억할 것이다.

"이 귀여운 녀석들! 유시진! 꼬마! 팬더! 수지! 똘똘이! 그리고, 네루! 미우나 고우나 나에게 와줘서 고마워! 친구도 되어주고 내 그림의 모델도 되어주는 나의 귀염둥이들! 부디 건강하고 행복하게 잘 살아보자!"

안녕?
네루!

멋진 턱시도를 입은 검은 고양이 '네루'는 원래 엄마가 키우려고 지인에게서 데려온 녀석이다. 어릴 적 네루는 나를 너무 싫어했는데 내가 항상 멍멍이들과 함께 있었기 때문이다. 나는 멍멍이들과 배변 산책을 할 때면 꼭 아랫집 거실 큰 유리문을 열고 부모님께 인사를 했다. 그러면 거실에서 놀고 있던 네루가 하악질을 하며 나와 멍멍이들을 경계했다. 몇 번을 만나도 멈추지 않았다. 까칠한 녀석 같으니라구….

그렇게 네루와 우리(나와 멍멍이들)는 대면대면하게 지냈다. 그러던 어느 날, 서울 집과 양평 집을 오가시는 부모님께서 네루를 홀로 가둬두고 다닐 수가 없다며, 느닷없이 네루를 정원고양이로 키우겠다고 선언을 하셨다.;;;

그때까지만 해도 여러 마리의 개들을 키우고 있는 내가 고

네루와 나 2019 acrylic on canvas 31.8×31.8cm

양이를 같이 키우게 되리라는 생각을 해본 적이 없었다. 하지만 녀석이 밖에서 홀로 지내는 게 무척 신경이 쓰여서 네루를 멍멍이들과 함께 돌보기로 마음먹었다. 아랫집에 마련했던 네루의 살림살이들을 모두 내 작업실로 옮긴 후 멍멍이들과 함께 생활하도록 해주었다. 멍멍이들과의 합사는 그리 어렵지 않았다. 네루가 덩치는 작지만 워낙 카리스마가 있어서 멍멍이들이 꼼짝을 못하는 눈치였다. 며칠 지나니 서로 냄새도 맡으며 잘 지냈다. 그런데, 잠시 동안 정원고양이 생활을 해본 네루는 그게 본인 스타일에 맞았는지, 실내 생활을 답답해하는 눈치였다. 창문 앞 명당자리를 차지한 캣타워와 층고 5m 작업실의 복층 난간은 네루의 전망대 역할을 하기에 충분한 것처럼 보였지만, 성이 차지 않은 듯했다. 몇날 며칠을 나가게 해달라고 울어서 도저히 내가 생활이 안 될 정도였으니까 말이다.

나는 고민 끝에, 작업실 창문에 '캣도어'를 설치해주었다. 작업실 창문 밖에는 뜬금없이 씽크대 한 칸과 통나무들이 놓여있는데, 그건 바로 네루가 캣도어를 드나들기 위한 발돋움판으로 사용하는 것이다. 그렇게 네루는 우리집 '외출고양이'로 묘생 2막을 시작하게 되었다.

외출고양이
네루님

네루의 특기는 '쥐와 새 잡기'이다. 아주 작은 생쥐부터 커다란 쥐, 두더지**까지 가리지 않고 잡는다. 네루 때문에 작업실 주변의 쥐가 멸종했거나 아니, 소문 듣고 모두 이사를 간 것인가? 그리고 보니, 뒷산의 '청솔모'가 보이지 않는 것도 이 녀석 때문인 것 같아 속상하다.

네루의 타깃이 되면 나무 위에 앉아 있는 새들도 속수무책으로 당했다. 허구한 날 집주변의 동물들을 잡아 놓으니 아주 머리가 아팠다. 어떨 때는 새와 쥐를 죽이지는 않고 살짝 물어, 장난감처럼 갖고 놀기도 했다. 몇 안 되는 확률로 살아 도망가는 녀석들이 있지만 대부분 하늘나라로 가고 만다. 아무리 약육강식이 자연의 섭리라지만, 아침마다 통조림 얹은 사료를 갖다 바치는데도, 장난으로 약한 동물들을 괴롭히다니! 이걸 진짜 어떻게 말려야 하나? 고민이 이만저만이 아니었다.

좌쥐우새 2017 acrylic on canvas 117×91cm

해외에선 외출고양이에게 새 사냥 성공확률을 줄여주는 '새 보호 목도리(Birdsbesafe Cat Collar, #Birdsbesafe)'를 채워준다고 한다. 우리 식구들도 머리를 굴렸다. 어떻게 하면 네루로부터 새들을 보호할 수 있을까? (쥐도 불쌍하지만, 니들은 스스로 잘 피해 다니길 바랍니다…) 고민에 고민을 하다가 남편은 합판 조각으로 새집을 여러 채 만들어 우리 집 입구의 콘크리트 옹벽에 드문드문 매달았다. 고양이들의 접근을 원천 봉쇄하는 굿 아이디어였다. 네루는 옹벽 바닥에 주저앉아 어리둥절한 표정을 짓는다. 이제 귀요미 새들이 입주만 하면 된다!

분 새와 쥐잡기의 달인, 아니 달묘 네루님을 피해 안전하게 생활할 수 있는 새집을 분양합니다. 참새, 딱새, 박새, 콩새, 곤줄박이, 직박구리, 오목눈이, 오색딱다구리, 꾀꼬리, 찌르레기, 기타 등등 여러 새님들 많은 관심 부탁드립니다. 단, 산비둘기, 까마귀, 까치, 꿩, 매 등 한덩치하는 새님들은 해당 사항 없습니다. 양해 바랍니다. *양*

나를
키워라!

마당에 검은 고양이 한 마리가 나타났다. 우리 집이랑 꽤 멀리 떨어진 곳에서도 몇 번 마주친 적이 있는 녀석이다. 우리 집 고양이 '네루'와 같은 턱시도 고양이라 어? 네루인가? 하면서 유심히 살펴보니, 이 녀석은 얼굴에 팔八자로 흰 털이 있고, 왼발에 길고 흰 장화를 신고 있다(네루는 양발). 나는 녀석이 처음 찾아온 날, '미미'라고 이름을 지어주었다.

미미의 첫 인상은 그리 좋지 않았다. 솔직히 내 눈에는 좀 못생겨 보였다. 하지만 붙임성이 있고 꽤나 영리했다. 마당에서 강아지들 배변판에 물을 뿌려 세척을 할 때면 녀석이 관심 있게 처다보고 있다가, 그 물이 어디로 흘러갈지 방향을 예측한 후, 그 곳에 먼저 가서 기다리고 있는 게 아닌가? 오! 진짜 하는 짓이 너무 똑똑하고 귀엽다! 이런 미미를 지켜보던 아들

나를 키워라 - 미미 2019 acrylic on paper 24×32cm

은 "성질 더러운 네루 대신 미미를 키우자"고 할 정도였다. (네루는 나를 제외한 식구들을 한 번씩은 다 할퀴어 놓았다)

점심때면 우리 집으로 놀러와 마당에서 놀고 가던 미미가 며칠 전부터는 저녁이 되어도 자기 집으로 돌아가지 않고 하루 종일 캣도어 앞에서 울고 있다. 그래서 하는 수 없이 차고에 임시거처를 만들어주었는데 이젠 아예 그곳에 눌러앉아버렸다. 요 며칠 이 녀석이 우리 집에서 숙박까지 해결하는 것이다. 그러다가는 또 한 이틀 안 보이다가 나타나기를 반복했다.

그러는 사이, 나는 미미와 차근차근 친분을 쌓으며 조금씩 친해지게 되었고 이제는 하루라도 안 보면 궁금해지는 사이가 되고 말았다. 그런데, 정신을 차리고 생각해보니 이건 뭐지? 미미가 날 간 보는 것인가? 아니 이게 바로 말로만 듣던 '간택'인가? 스리슬쩍 내 맘을 빼앗아간 미미가 좋기도 부담스럽기도 하다.

미미야! 나도 네가 좋지만, 난 이미 고양이 1마리와 개가 5마리나 있단다. 그래서 너까지 돌보긴 힘들 것 같아. 앞으로도 언제든 놀러오면 사료와 물은 챙겨줄게! 종종 놀러 오는 건 대환영이야! 알겠지?

돌아온
미미

그렇게 근 넉 달 넘게 우리 집 마당에서 살다시피 한 미미. 목걸이를 하고 있는걸 보면 주인이 있는 고양이 같긴 했지만, 쫓아내도 나가지 않아 어쩔 수 없이 우리 집 정원 고양이로 지내게 되었다.

그러다가 4월 1일 만우절 아침, 미미가 보이지 않는다. 어, 뭐야? 미미, 만우절 써프라이즈 하는 거야? 이따 오후엔 나타나겠지? 그런데 하루가 지나도 보이지 않는다. 사료랑 물도 그대로인걸 보니, 내가 안 볼 때도 다녀가지 않은 것 같다. 처음엔 자꾸 와서 부담스러웠는데 이젠 오지 않으니 걱정되고 슬프다. 사람 마음이란 게 참… 혹시 미미에게 무슨 일이 생긴 걸까? 아니면 나에게 삐진 걸까? 나는 집으로 가라고 혼내던 미미를 애타게 찾고 있었다.

오징어 먹물 식빵 - 미미 2020
acrylic on canson paper 24×32cm

미미는 그렇게 20여 일 동안 자취를 감추었다. 나는 가끔 개들과 산책을 할 때면 미미! 미미! 하면서 큰 소리로 불러보았다. 여느 때와 같이 산책을 하던 중 "이야옹… 이야옹…" 고양이 소리가 들린다. 그건 분명 미미의 소리였다. 나는 마음이 다급해졌다. 귀를 기울이며 소리가 나는 쪽으로 다가가서 "미미!! 미미!!" 더 큰 소리로 불러보았다. 그러자 어느 집 차고에 미미가 묶여 있는 게 보였다.

"안녕하세요! 혹시 저 고양이 주인이세요?"
"네! 제가 주인인데요."
"저 고양이가 저희 집에 놀러오곤 했었는데, 요즘 안 보여서 걱정했거든요. 근데, 고양이 이름은 뭔가요?"
"얘 이름은 ㄲㅁㅇ예요! 아, 그 집에 놀러갔었군요? 쟤가 집을 나가서 한참씩 들어오질 않아서 최근에 묶어 뒀어요."
"아… 그러셨군요. 저희 집이 저기 위쪽인데요. 자주 놀러오더라고요."
"그랬군요! 거기서 놀다 오는 거면 안심이네요."
하더니 미미의 주인은 바로 목줄을 풀어주었다.

목줄을 풀자마자 우리 집 쪽으로 향하는 미미. 나는 미미의 주인과 어색한 미소를 지으며 인사를 하고 돌아섰다.

'미미야! 나야 반갑지만, 네 집사님 생각도 해야지!;;'

그렇게 미미는 우리 집에 다시 놀러올 수 있게 되었다.

● 외부 기생충 감염과 사고 위험 등이 크고 만에 하나 밖에서 사고가 나면 돌이킬 수가 없으니, 전문가들은 입을 모아 고양이의 외출, 산책을 반대한다. (미미가 우리 집에 한동안 머무르고 자기 집으로 돌아가지 않은 것도 미미의 원주인 입장에서 보면 일종의 사고인 셈이다) 모쪼록, 우리 집 외출고양이의 경우, 주변 환경 등을 고려해 많은 고민 후 결정한 일이라, 이 책을 읽은 독자들이 절대 쉽게 따라하지 않길 바란다. 참고로, 녀석들이 차츰차츰 실내생활을 하도록 회유 중이다.

소라
이야기 1

　　7년 전 한여름, 소라가 내게 온 날은 우연하게도 내 생일날이었다. 그때 소라는 생후 몇 달 안 된 아기 개였는데 남편은 그 당시 즐겨보던 드라마의 여주인공 이름을 따서 '강소라'라는 어여쁜 이름을 지어 주었다. (우리집 멍멍이들 이름은 대부분 드라마 주인공…) 소라는 시골집에서 어린 시절을 보내고, 우리와 함께 양평으로 이사를 하여 한 달쯤 생활을 했는데, 아랫집 개들이 텃세를 부리는 바람에 적응을 힘들어해서 안타까워하던 참이었다. 그래서 소라를 다시 시골로 보내려고 했는데, 마침 그날 문제가 생겼다.

　　마당에 나가보니 '소라'가 없었다. 얼마 전에도 혼자 돌아다니다 들어온 적이 있어서, 그날도 당연히 그런 줄로만 알았다. 그런데 시간이 지나도 소라는 돌아오지 않았다. 나는 수지와 꼬마를 데리고 평소의 산책로를 벗어나 동네 여기저기를 찾아다녔다. 그날은 아랫집 부모님도 안 계셨고, 남편도 없어서 소라를 찾을 사람은 나 혼자였다. 그런데 도저히 내 능력으로는 찾을 수가 없었다. 나는 동네 어르신들께 혹시나 우리 개를 보게 되면 전화해달라고 부탁을 하고 다녔다.

이름을 부르면 금방이라도 뛰쳐나올 것만 같았지만, 아무리 찾아다녀도 소라는 나타나지 않았다. 작업실 문을 열어놓고 한참을 기다렸지만 소라는 돌아오지 않았다. 이대로 해가 져버리면 더 찾기 힘들 것 같아서, 또 다시 동네로 내려갔다. 얼마쯤 내려가니 동네 분들이 개를 찾았냐고 물어보신다. 아직도 찾지 못했다고 하니, 그럼 동네를 살피지 말고 오히려 집 뒤편의 산을 살펴보라고 말씀하셨다. 겁이 많은 개는 멀리 가지 않으니, 산으로 도망가서 숨어 있을 가능성이 크다는 것이다. 그 말을 듣고 수지와 꼬마를 데리고 집 뒤편의 산으로 무작정 올라갔다. 설마 길을 잃진 않겠지? 오솔길을 헤치며 소라를 불렀다. 오솔길을 따라가다 보니, 무덤도 나왔고 덤불 옆으로 집이 보이기도 했다. 이제 우리 집과는 한참 멀어진 상태라 나는 아예 산 뒤편 동네로 내려가 빙 돌아서 집으로 가야겠다고 마음먹었다.

소라와 삼둥이 2015 acrylic on canvas 18×25.8cm

—

가운데가 '수지'이다.

해가 어둑어둑 저물고 있는데 저 멀리 집이 한 채 보였다. 하지만 커다란 백구 서너 마리가 마구 짖으며 나대고 있어서 도저히 그 곳을 지날 수가 없었다. 하는 수 없이 발길을 돌려, 온 길을 되돌아가기로 했다. 나는 태어나서 처음으로 불빛 하나 없는 산 속을 헤매고 다녔지만 하나도 무섭다는 생각이 들지 않았다. 몇 발자국 걷다 보니 앞이 안 보일 정도로 갑자기 어두워져서 휴대폰의 플래시를 켠 후 내비를 켰다.

내비를 켜보니 집에서 그리 멀지 않은 곳이었다. 칠흙 같은 암흑 속이라 아무것도 보이지 않았는데 다행히도 우리 집 건너편에 있는 고층 아파트 꼭대기의 파란 불빛이 보였다. 불빛을 향해 가는데 아랫집 개 '팬더'의 목소리가 들려왔다. 팬더를 큰 소리로 부르면 대답을 했고, 우리는 그렇게 팬더 목소리에 귀 기울이며 방향을 잡아서 계속 집으로 향했다. 팬더가 바로 앞에 있는 것 같아 수풀을 헤치니, 아랫집 마당에 도착해 있었다. 휴… 이제 안심이다. 팬더야! 고마워! 인사를 하고 꼬마를 팬더 옆집에 놓아두고 나는 수지와 작업실로 향했다. 수지는 무척 힘들어 보였고, 사료와 물을 조금 먹은 뒤 방석에서 뻗어버렸다.

평소 잘 켜지 않는 진입로의 가로등을 밝혀놓고, 화실에도 작은 불 하나를 켜 놓았다. 허름한 운동화를 신은 발에 너무 힘을 준 채 산을 헤매고 다녀서 그랬는지 양발의 엄지발가락과 새끼발가락이 너무 아팠다. 늦은 시간까지 화실에서 소라를 기다리다가, 이대로 있을 수만은 없어서 잃어버린 동물을 찾는 방법을 인터넷에서 검색해보았다. 여기저기 뒤적이다 보니, 모 유기견 보호 사이트에 잃어버린 동물의 사진과 연락처를 올려, 실종신고를 하는 게 있었다. 과연 누가 이 게시글을 볼까? 하는 생각이 들었지만 단 한 명이라도 이 글을 보고 소라가 있는 곳을 알려줄지도 모르는 일이니까… 하면서 실종 신고를 해두었다.

야간 자율학습을 마치고 밤늦게 집으로 돌아온 아이에게 소라를 아직 못 찾았다고 하니 걱정을 많이 했다. 어려서부터 산책도 시키고 하면서 정이 많이 든 개라 걱정이 많이 되나 보다. 평소에 자기 아쉬울 때만 문자를 하는 녀석인데 소라를 찾았냐고 두 번이나 문자를 보냈고, 하루 종일 소라 걱정을 하느라 수업에 집중을 못했다고 한다. 밤이 너무 늦어 일단 잠시 눈을 붙이고 새벽에 또 소라를 찾아 나서기로 마음먹었다. 혹시나 소라가 밤새 집으로 와서 짖을까 봐 안방이 아닌 마당 쪽 방에서 잠을 자기로 했다.

잠깐 자고 일어나니, 벌써 새벽이었다. 가로등은 여전히 밝게 비추고 있었지만 소라가 돌아온 흔적은 없었다.

소라
이야기 2

어제 저녁 만들어놓은 전단지를 챙겨서, 남편과 함께 다시 소라를 찾으러 나섰다. 마을 회관의 어르신들께 전단지를 나눠드리며 한 달 전 이사 온 개가 없어졌다고 말씀을 드리니 나타나면 연락을 주시겠다고 한다. 어르신들의 위로 말씀에 소라를 곧 찾을 것만 같은 생각이 들어 기분이 한결 나아졌다. 조금 더 떨어진 동네의 마을 회관과 정류장에도 전단지를 붙이고 우리는 다시 집으로 향했다. 벌써 점심시간이 되어서 수지도 간식을 먹이고, 우리도 간단히 요기를 한 후, 잠시 휴식을 취했다.

오전엔 안개가 자욱하고 날이 흐려서 소라가 비를 맞고 있겠구나… 걱정을 했는데, 오후엔 햇살이 너무 눈부시고 따스했다. 나는 조그만 배낭에 이런저런 짐을 챙겼다. 산 속에 숨어 있느라 많이 지친 소라를 만나게 되면 일단 물을 먹여야 하고, 사료도 좀 주어야 하니까, 납작한 플라스틱 그릇도 챙기고, 혹시 몸이 젖어 있거나 진흙이 묻었을 때 닦아주려고 수건도 하나 넣었다. 손에는 목장갑을 끼고 긴 바지 긴팔셔츠를 입고 모자를 눌러썼다. 산 속 어딘가에서 소라를 만날 수 있을 거라 생각을 하니 웃음이 절로 났다. 운동화를 단단히 챙겨 신은 후, 우리는 또 소라를 찾아 나섰다. 마당과 이어진 오솔길을 따라 사뿐사뿐 걸으며 소라를 불렀다. "소라야~ 소라~ 어디 있니? 소라야~ 소라~" 어딘가에 걸려서 움직이지 못할 수도 있으니, 가능한 한 멀리서도 잘 들리도록 소라를 부르며 산을 올랐다.

잠시 후, 산 아래 집 쪽에서 아빠가 부르는 것 같았다. 가만 들어보니 소라를 찾았다는 것 같다. 우리는 급히 산 아래로 내려갔다. 그런데, 뭔가 느낌이 좋지 않았다. 소라가 돌아왔다면 낑낑 소리를 내며 반가워할 텐데, 아무 소리도 들리지 않았다. 허둥지둥 마당 옆의 돌계단을 내려가니, 흙바닥에 소라가 옆으로 누워 있었다. 아빠는 마당 근처 깨밭의 풀숲을 헤치며 커다란 밤나무 쪽으로 가셨는데, 풀숲 사이로 뭔가 허연 것이 보여서 다가가니 소라가 물고랑에 고개를 처박고 있었다고 한다. 소라는 마치 멀리 뛰어가는 자세를 하고 있었고, 한쪽 눈은 채 감지 못한 채 옆으로 누워 있었다.

난 소라를 보자마자 엄청 큰 소리로 울기 시작했다. 이렇게 가까이 있는 소라를 바로 못 찾은 게 너무 미안했고, 결국 죽어서 내 품에 돌아온 소라가 너무 원망스러웠다. 아니, 너무 미안해서 소라를 쓰다듬으며 한참을 울었다. 누군가를 기다리느라 눈을 감지 못한 것인가? 마음이 너무 아팠다.

한참을 울면서 소라의 몸을 살펴보니, 왼쪽 엉덩이 부분에 피묻은 상처가 있었고 입 주변에는 뭔가가 누렇게 말라붙어 있었다. 울어도울어도 눈물이 그치질 않았지만, 이렇게 울고만 있을 수는 없는 일이었다. 불교 신자인 엄마는 소라 곁에서 뭔가를 외셨고, 깨끗한 흰 종이를 가져오라고 하셨다. 눈을 감기고 털을 가지런히 정리한 소라를 부드러운 한지로 감싼 후, 머리, 몸통, 다리 부분을 지푸라기로 고정시켰다. 나는 소라를 두 손으로 받쳐 안았다. 소라의 몸은 뻣뻣했지만 부드러운 느낌이었고, 조금 가벼워진 것 같았다. 이렇게라도 내게 돌아와 준 소라를 한참이나 안고 있었다.

며칠 후, 소라는 줄이 끊겨 떠돌아다니던 동네의 큰 개한테 물린 걸로 밝혀졌는데, 상처가 크지 않은 걸 보면 아마도 겁이 많은 소라가 심장마비로 죽었을 걸로 추측된다. 우리는 그 큰 개의 주인에게 항의를 했고, 결국 개주인은 그 개를 멀리 다른 곳으로 보냈다.

너와 함께 2016 acrylic on canvas 72.7×90.9cm

—

소라야! 우리 같이 바다에 가기로 했던 거 기억나?
하늘나라에서 다시 만나면 꼭 같이 가자!

인간다반사

첫
작업실

티비의 전원을 끄니, 주변의 소리가 들리기 시작한다. 짹짹, 멍멍멍, 사각사각, 이야옹야옹, 위이잉위이잉, 찌르르르찌르르… 저 멀리의 칙칙폭폭 칙칙폭폭 기차 소리까지. 처음엔 그렇게 낯설더니 이제는 익숙해져버린 소리들. 그러고 보니, 시골로 이사를 온 지도 시간이 꽤 지났다.

희구가 태어나 6개월이 되었을 때, 결혼해서 2년간 살던 서울의 아파트를 떠나 경북 풍기에 위치한 시부모님의 과수원 집으로 이사를 왔다. 전세금의 절반으로 조그만 작업실을 지었고, 나머지 돈으로 시골집과 서울을 오갈 자동차를 구입했다. 이곳은 도시와는 또 다른 새로운 형태의 삶이 기다리고 있었다. 내 나이 29세 때의 일이다.

아침에 일어나 가족들과 함께 식사를 한 후 집안 정리를 하고 마당 건너편의 작업실로 출근을 한다. 그곳은 오로지 '작업'을 위한 공간이다. 햇살이 드는 커다란 창으로 초록 풍경을 바라보며 작업을 위한 시동을 건다. 나와 남편이 함께 그림을 그릴 수 있는 공간이 있다는 것만으로도 너무나 신이 났다.

이 작업실은 당시 동네에서 일 잘한다고 소문난 김 사장님께서 지어주셨다. H빔을 골조로 하여 시멘트 블럭을 쌓고 판넬 지붕을 덮은 단순한 구조의 건물인데 당시 내 눈에는 너무나 멋져 보였다. 아니 지금 보아도 소박한 모습이 맘에 든다. 웃는 눈의 모양을 형상화하기 위해, 만들기 까다롭다는 아치형의 창문을 두 개나 부탁드렸는데, 뚝딱뚝딱 마음에 쏙 들게 만들어주셨다.

김 사장님은 그야말로 독학으로 건축을 공부하신 분이었다. 간단한 형태라 그렇기도 했지만, 작업실 짓기를 의뢰하고 오고간 문서는 내가 연필로 슥슥 그려드린 '도면' 한 장 뿐이었다. 연필(볼펜이었나?) 한 자루를 귀에 꽂아놓고는 담배 한 대를 태우며 말씀하신다.

"이거 뭐 간단하네요! 잘 지어드릴게요!"

내가 드린 도면을 꼼꼼히 살펴보시더니, *끄적끄적 숫자를*

삼인조 2000 acrylic on canvas 50×60.6cm

몇 개 적으신다. 그 자리에서 바로 견적까지 나왔다. 와우! 진정 초고속이다. 볕에 그을린 가무잡잡한 피부에 약간은 수줍은 미소를 지으시던 김 사장님은 며칠 동안 조수와 함께 우리 집 앞마당을 왔다리갔다리 하시면서 우리의 첫 작업실을 지어주셨다.

이렇게 우리 부부는 생애 첫 자가 작업실을 가지게 되었고, 그 작업실에서 15년이나 작업을 했다. 우리의 30대와 40대의 반을 그 곳에서 보낸 것이다.

김 사장님은 당신의 결과물이 꽤나 맘에 드셨는지, 공사가 끝난 이후에도 우리 작업실을 견본으로 보여주기 위해 건축주들과 견학을 오기도 하셨다. 그런데 얼마 후, 동네어르신을 통하여 김 사장님의 부고 소식을 들었다. 어느 날 갑자기 심장마비로 돌아가셨다고⋯ '성실하고 착한 양반인데, 참으로 안타깝다!'고들 하셨다.

한동안, 작업실 창문을 볼 때면 수줍게 웃으시던 김 사장님의 미소가 떠올랐다.

내가 '농부화가'가
된 사연

신문이나 잡지 등에 내가 '농부화가,' 좀 더 구체적으로는 '여성농민화가'라고 소개된 적이 몇 번 있었다. 그 이후로도 농부 타이틀은 오랜 기간 따라다녔는데, 실제로 농사일을 하지 않는 내가 그런 식으로 소개되니 상당히 겸연쩍었다.

1999년 여름, 시부모님의 과수원집으로 이사한 우리는 그 이듬해 '행복한 사과'라는 온라인 쇼핑몰을 (그때만 해도 과일 인터넷 쇼핑몰이 흔하지 않은 때였는데) 만들어 시부모님의 사과농장 수확물을 소비자와 직거래 해보기로 마음먹었다. 당시 신문 등에 '화가가 농사지은 사과를 인터넷 홈페이지로 주문받아 판다'는 내용의 기사들이 나가면서 꽤 많은 사람들이 관심을 보였다. 하지만 그림만 그릴 줄 알던 사람들이 새로운 방식으로 사과 장사를 한다는 게 쉬운 일은 아니었다.

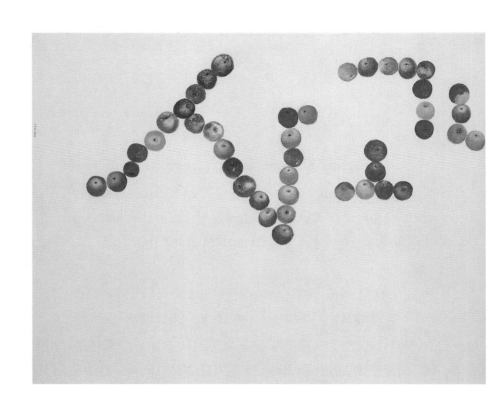

사과 그리기 2000 acrylic on canvas 182×227cm

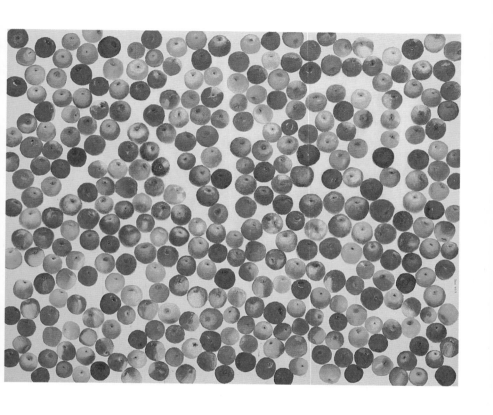

—

사과 그리기 2000 acrylic on canvas 182×227cm

—

그 사과는 평범한 사과가 아니었다. 투명스티커에 검은색 그림을 인쇄하여, 사과에 붙여놓는다. 그런 후 시간이 지나 사과가 익게 되면, 그 부분만 색이 변하지 않고 나머지 부분은 붉게 익는 원리를 이용하여, 그림이 새겨진 사과를 만든 것이다. 오래 전 유행하던 '福'을 새긴 사과에서 힌트를 얻어, 여러 표정의 웃는 얼굴을 새긴 '미소사과'를 만든 것인데 지금 다시 생각해도 예술이다!

독창적인 아이디어로 관심도 좀 받았고 주변의 많은 분들이 도와주신 덕에 나름의 성과도 있었다. 하지만 모든 일이 그렇듯이 이론과 실제에는 차이가 있었다. 기획단계에서는 미처 생각지 못했던 문제들이 발생했다. 일단 사과는 '생물'이다. 그래서 보관 유통 등에 조금이라도 차질이 생기면 상품가치가 없어졌다. 그때그때 적절히 대처하여 큰 문제는 없었지만 어설픈 사과 장수였던 우리는 이 일을 계속할지에 대해 회의적이었다. 그래서 우리는 2000년 가을부터 2002년 가을까지 사과 장수로 대활약을 한 후, 본업인 작업에 집중하기 위해 미련 없이 온라인 사과 장사를 접기로 했다.

하지만, 십수 년 전의 신문 기사나 잡지 글의 '사과 농사짓는 화가' 라는 타이틀은 많은 사람들에게 각인되어 최근에도 가끔씩 '농부화가' 라고 소개가 된다.

푸른 챙의
붉은 나

시골의 일상이란 게 널린 게 일이다. 게다가 나는 한 아이의 엄마이고, 한 남자의 부인이며, 한 집안의 며느리이기도 하니, 나 혼자 제 멋대로 작업하던 때와는 상황이 많이 달라졌다. 마음도 몸도 바빴고 이런저런 핑계로 그림 그리기가 느슨해지는 날들이 종종 있었다.

시골의 여름날은 정말 눈을 뜰 수 없을 정도로 볕이 강하다. 그래서 선크림은 필수이고, 모자나 양산을 꼭 챙겨 갖고 다녀야 한다. 나에게도 필수품이 하나 생겼는데, 윗면은 파란색, 아랫면은 초록색 천으로 만들어진 챙이 넓은 선캡이다. 아침에 일어나 선캡을 쓰고 하루를 시작하면, 금세 이마에 닿는 흰색 타월 부분이 땀으로 흥건하다.

여느 날과 같이 선캡을 눌러쓰고 이런저런 집안일을 하고 있는데, 문득 내가 지금 뭐 하고 있나? 하는 생각이 들었다. 난

—

푸른챙의 붉은 나 2003 acrylic on canvas 60.7×45.5cm

—

그림을 그려야 하는데… 집안일이고 뭐고, 화실로 달려가 작은 캔버스 하나를 앞에 두고 앉아 내 모습을 그리기 시작했다.

그런데, 넓은 챙이 얼굴을 가려 그리기가 좋지 않다. 챙을 위로 꺾어 올려버리니 얼굴도 잘 보이고, 이마에 얹혀진 초록의 둥근 모양이 재미있다. 방금 마라톤을 완주한 사람 마냥 붉디붉은 피부, 노란 형광색의 티셔츠, 아무것도 없이 빽빽하게 칠해놓은 푸른 배경. 어릴 때 학교에서 숙제로 내주던 4도짜리 포스터를 그려 놓은 것 같다.

나를 바라보고 있는 나. "너 지금 뭐하고 있니?" 하고 말을 건네는 듯하다. 세필로 새까만 눈동자를 조심스레 그려 넣으며, 마음을 다잡는다. 그 이후로도 마음이 어수선할 때마다 새로운 자화상을 그리기도 했고, 이전에 그려놓은 내 모습을 꺼내 보기도 하였다.

시간이 흘러, 그림 속의 푸른 선캡은 어디로 갔는지 모르겠지만, 챙을 위로 젖히고 마음을 다잡던 17년 전 어느 여름날의 그림 속 나는 오늘도 내가 뭘 하고 있는지 또렷이 지켜보고 있다.

미헬슈타트의 추억
(ft. 바흐)

함부르크에 계신 노은님 선생님과의 만남이 인연이 되어, 우리 부부는 그 이듬해에 펜티먼트*에 참여하기로 마음먹었다. 당시 아이가 어렸기 때문에 아이를 홀로 두고 갈 수가 없어서, 남편이 먼저 참여하고 그 다음해에 내가 참여했다.

2008년 한여름, 3주의 수업과정과 여행 일정까지 해서 독일에서는 한 달 정도의 일정을 잡아 놓았는데 물가가 비싼 함부르크에서의 숙박 비용도 그렇고 여자 혼자 타국의 외딴 곳에 머무르는 게 걱정이 되셨는지, 선생님께서 작업실 한켠에 잠자리를 마련해주셨다.

작업실이라고는 하지만 매우 쾌적한 공간이어서 웬만한 숙소보다 환경이 더 좋았다. 당시에 나는 진짜 이게 꿈이야 생시야? 존경하는 작가님의 작업실에서 작가의 체취를 느끼며 한

동안 머물 수 있다니! 정말 꿈만 같았다. 그리고 몇 년째 '펜티먼트'에 참여하신 선생님의 동생 수임 언니는 (이 분이 바로 뒤에 나오는 거북이를 키우시는 지인이다) 나에게 이것저것 꼼꼼히 챙겨주셨다. 이 언니뿐만 아니라, 이 글에 모두 나열하기 힘들 정도로 많은 한국인 유학생과 이민자분들 그리고 독일인 친구들까지 여러 분들이 도움을 주셔서 함부르크에 머무르는 동안 전혀 불편하거나 힘들지 않았다.

애초에 노은님 선생님 수업을 들을 계획이었지만 사정이 생겨 독일인 안드레아 벤더 선생님의 수업을 듣게 되었다. 독일인 선생님의 수업을 듣는 건 쉬운 일이 아니었다. 하지만 실기 수업이었기 때문에 짧은 영어와 바디랭귀지, 그리고 가장 좋은 건 '그림'을 그려서 보여주면 웬만한 건 오케이였다. 노은님 선생님께서는 쉬는 시간 등 짬이 날 때마다 내 자리에 오셔서 작품을 보시고 많은 이야기를 해주셨다.

수강생들은 너나 할 것 없이 모두 열심이었다. 커리큘럼에는 선상파티(이때 일어난 흥미진진한 이야기는 따로 써 두었다!)와 가든파티 등 친목도모를 위한 행사도 있었다. 이렇게 3주 동안의 아카데미 수업을 모두 듣고, 전시까지 마친 후 수업이 종료되었다. 작업에 집중하기에는 좀 짧은 기간이었지만 틈틈이 선생님과 작품 이야기를 할 수 있어서 너무나 행복한 시간이었다.

　선생님께서는 학기 중에는 함부르크 시내의 작업실에 머무르셨고 종강을 하면 독일 남쪽에 위치한 유서 깊은 도시 미헬슈타트**로 작업실을 옮겨 생활을 하셨는데, 그 일정에 나도 끼워주셨다. 이건 정말 일생일대 너무나 큰 행운이면서 감사한 일이었다. 그 곳은 선생님 부부 두 분께서 주말이나 한 학기 수업을 마치고는 자연과 함께 휴식을 취할 때 찾으시는 곳으로 알고 있는데 그런 프라이빗한 공간에 나를 일주일씩이나 머물게 배려해주시다니, 다시 생각해도 진심으로 감사할 따름이다.

　미헬슈타트에 있는 선생님의 작업실은 모차르트가 태어난 1756년에 지어진 로코코식 건물로, 430년 전에 지어진 고성(古城) 곁에 있다. 그 곳은 원래 성주가 예술가를 초대해 공연이나 연주를 하던 '극장'으로 사용하던 곳으로, 헤센 주 문화재로 지정되어 있다.
　조그만 개울이 흐르는 자리에 지어진 3층짜리 본채와 별채로 이루어진 사각형 모양의 건물은 연붉은 벽돌색과 아이보리색의 마감재로 깔끔하게 단장되어 있었다. 건물 사면에는 커다란 여닫이 유리창들이 있고, 지붕은 삼각형으로 4개의 면을 구성한 피라미드 모양을 하고 있는 '네모 지붕(pyramidal roof)'과 '맨사드 지붕(mansard roof)'이 합쳐진 모양을 하고 있다. 생선 비닐 모양 마감재의 진한 회색 지붕 하부에는 조그만 창문 세 개가 달려 있는데 그중 하나가 내가 머문 방의 창문이다. 실내의 부엌, 화장실 등은 현대식으로 개조가 되어 있었지만 별채에는 아름다운 천정화가 그대로 보존되어 있다. 오래 전, 널찍한 거실에서는 귀족들이 모여 공연을 관람하고 사교 파티를 했을 것이다. 아래층 작업실에서 큰 유리문을 열고 나가면 정원이 이어져 있는데 낮 시간이면 햇살이 너무 좋아 마치 조명을 켜 놓은 듯 반짝이고 있었다. 멋지게 차려입은 귀족들은 이곳도 드나들며 가든파티를 즐겼겠지? 선생님 부부가 그 곳에 머무르는 모습은 공주와 왕자님이 등장하는 그야말로 동화 속의 한 장면 같이 느껴졌다.

선생님께서는 나를 3층의 작은방에 머물게 해주셨다. 햇살이 잘 드는 작은 창가에는 조그맣고 기다란 밀크글라스 꽃병에 어여쁜 꽃이 꽂혀 있었고 창가 옆 아담한 원목 탁자 위에는 빈티지한 청동 촛대와 연두빛 밀크글라스 데스크 스탠드가 놓여 있었다. 새하얀 이부자리가 세팅되어 있는 싱글침대는 너무나 폭신해서 누우면 30초 안에 꿈나라로 가고는 했다.

미헬슈타트는 프랑크푸르트 남쪽 오덴발트(Odenwald) 지역에 포함되어 있는데, 오덴발트란 해발 400~500m의 광활한 숲과 골짜기들로 이루어진 대자연으로 숲의 길이와 너비가 무려 80km, 40km가 넘는다. 미헬슈타트는 사람보다 숲이 더 가득한 도시인 셈이다.

매일 아침, 선생님과 같이 산책을 나섰던 그 숲길이 이 오덴발트의 한자락이었는데 그 곳의 나무들은 너무나 크고 울창하여 자연의 일부로서의 '인간'이 얼마나 작은 존재인지 일깨워주는 듯했다. 컴컴한 나뭇잎 그늘을 따라 걷다 보면 여기저기서 새와 다람쥐 같은 녀석들의 기척이 느껴졌고, 드넓은 들판이 나오기도 했다. 커다란 나무숲을 따라 한참을 걷다 보면 뭔가 좀 우울하고 으스스한 느낌마저 들었다. 하루도 빼놓지 않고 숲길 산책을 하면서 그동안 느껴보지 못한 새로운 냄새와 축축함에 자연스레 익숙해져 갔다.

선생님께서는 수영도 무척 좋아하셨는데 집 근처의 야외풀장에 놀러가 함께 물장구를 치다 오곤 하였다. 여기저기 멋진 곳도 구경시켜주시고 질 좋은 물건을 파는 기념품 가게도 알려주셨다. 부군 게하르트 교수님께서는 아침마다 맑은 주홍빛 홍차를 준비해주셨다. 하루하루가 호사스러웠다.

하루는 선생님 부부와 꽤 멀리 놀러나갔는데, 그날이 마침

내 생일이었다. 나는 속으로 '어? 선생님들께서 오늘이 내 생일인 줄 알고 계셨나?' 생각할 정도로 근사한 곳에서 식사를 하고 산책도 했다. 저녁이 되자 아이한테서 생일축하 전화가 왔고 통화내용을 들으신 선생님께서는 왜 낮에 얘기하지 않았냐며, (그날 점심도 최고였는데) 낮에 더 맛있는 걸 사줬어야 했다며 나무라셨다. 이 얘길 듣고 계시던 게하르트 교수님께서 오디오 근처를 살피시더니, 당신께서 평소 아끼던 거라고 하시며, 내게 바흐(Johann Sebastian Bach, 1685~1750, 독일)의 브란덴부르크 협주곡 더블 CD를 선물로 주셨다.

그렇게 일주일 동안의 꿈같은 시간들을 보내고 다음 일정인 영국으로 가야 할 날이 되었다. 두 분도 해외로 본격적인 여름 휴가를 떠나기로 되어 있었는데, 나보다 먼저 출발하시게 되어 시간 틈이 생겼다. 나는 그 시간에 뭘 할까 생각하다가 색연필로 두 분의 모습을 그린 후, 편지를 써서 탁자 위에 올려놓았다. 그동안의 감사한 마음을 그렇게라도 표현하고 와야 할 것만 같았다.

이후, 한국에 돌아와서도 종종 연락을 드렸고 선생님께서도 연말이면 크리스마스카드를 보내주시곤 한다. 최근까지도 전시 등의 일정으로 한국을 방문하실 때면 시간을 맞춰 꼭 찾아뵙곤 한다.

가끔씩 두 분과 찍은 사진을 찾아보며 바흐를 듣는다. 노은님 선생님의 백만불짜리 푸근한 미소와 게하르트 교수님께서 선물해주신 바흐의 감미로운 선율은 당시의 꿈만 같던 날들을 떠올리게 한다.

---

* 펜티먼트(Pentiment)는 Hamburg University of Applied Sciences, Department of Design의 International Summer Academy이다.
** 헤센(Hessen) 주 미헬슈타트(Michelstadt)에는 15세기에 지어진 '미헬슈타트 시립미술관(Stadtmuseum Michelstadt)'이 있다. 2015년부터 미술관 리모델링을 시작하면서 미헬슈타트 출신의 역사적인 인물 3명(젝켈 뢱 봄저 Seckel Löb Wormser, 프리츠 크렐 Fritz Kredel, 니콜라우스 마츠 Nicolaus Matz)과 함께, 화가 노은님의 영구전시실 설치를 결정하였고 2019년 11월 임시 오픈하였다가 2020년 현재 다시 공사 중이다.

함부르크 선상파티에서
프러포즈를 받다

함부르크에서 펜티먼트 수업을 듣던 때의 일이다. 어느 정도 시차 적응도 했고, 실기실의 자리도 정해져서 시간에 맞춰 등교 후 알아서 작업을 하는 생활이 며칠 이어졌다.

어느 날, 선상파티를 한다는 공고가 났다. 유람선을 타고 호수 주변을 한 바퀴 도는 프로그램이었다. 오! 배를 타러 가다니! 물의 도시다운 멋진 프로그램이라고 생각했다.

클래스메이트들과 같이 버스를 타고 얼마를 가니, 배를 타는 곳이 나왔다. 솔직히 나는 아주 커다란 배를 상상하고 갔는데, 생각보다 큰 배는 아니었다. 학생들이 순서대로 배에 올라탔고, 그 배에는 페인팅, 사진, 설치, 일러스트, 캘리그라피 등 여러 종류의 작업을 하는 사람들이 같이 있었다. 한국인 유학생과 지인들이 있어서 여러 사람들과 수다를 떨며 즐거운 시

이국풍경 2008 acrylic on canson paper 113.7×147cm

간을 보낼 수 있었다.

한국도 그렇지만, 독일의 여름도 만만치 않았다. 선글라스에 챙이 넓은 모자를 썼는데도 숨이 턱턱 막혔다. 뜨거운 햇살아래, 음료와 간단한 음식들을 먹으며 수다를 떨고 있는데, 어떤 독일 남자가 근처로 다가오더니 뭐라고 말을 한다. 뭐지? 쌩긋 웃으며 한참을 떠드는데 도통 무슨 소린지 알 수가 없었다. 그때 같이 수다를 떨던 독일어를 잘하는 언니 한 분이 함박웃음을 지으며 내게 말한다.

"형진씨! 저 사람이 형진씨가 아름답다고, 자기 모델을 해달라는데? 저 사람은 사진작가래!"

그 말을 듣자마자, 나는 바로 어색한 미소와 함께 "오마이갓!"이 본능적으로 튀어나왔다. 그런데, 그 남자가 꾸물꾸물거리더니, 한술 더 뜬다. 내 앞에 무릎을 꿇고 장미 한 송이를 받아달라고 내미는 것이 아닌가;;; 이런 이런 OMG×100!!!

상황이 하도 쌩뚱 맞아 잔뜩 당황해하고 있는데, 주변에 있던 분들은 재미있다고 깔깔거리면서 난리가 났다. 옆에서 구경을 하던 한 분이 일단 꽃을 거둬들이라고 부추기는 바람에 엉겁결에 꽃을 받아들었다. 그러고 나니, 그 남자는 독일어를 잘하는 일행에게 뭐라뭐라 얘기를 하고 날 향해 미소를 띄우더니 자리를 떠났다.

'아… 이게 웬일… 동양 여자들이 서양에선 인형 같다는 소리 듣는다더니… 내 미모도 이제서야 빛을 보는 것인가? 내 얼굴이 독일에선 먹히나 보지?'

웃기기도 하고 어리둥절했지만, 기분이 나쁘지는 않았다. 남편에게도 받아보지 못한 '무릎 꿇고 장미' 프러포즈라니! 솔직히는 매우 들떠 있었다!

며칠 후, 통역을 해줄 지인과 함께 꽃을 준 남자가 만나자고 한 시간에 맞춰 학교 로비로 나가니, 그 남자가 이런저런 얘기를 한참 한다. 요지는 내 얼굴을 촬영할 것인데 강의실에서 단둘이 촬영을 해야 한다는 것이었다.

'어? 그래도 되나? 이거 무슨 일 나는 건 아니겠지…'

순간, 아슬아슬한 상상을 몇 초 정도 하고 말았다. 남녀칠세부동석인데… 진짜 그래도 되나 싶었다. 잠시 고민했지만, 어린애도 아니고 보호자를 옆에 두고 사진 촬영을 하기도 좀 그럴 것 같아서 결국 통역하는 지인은 돌려보내고 단 둘이 강의실에 남게 되었다. 잠시 어색했지만 생각보다 나쁘지? 않았다. 그는 이런저런 말을 계속 시키면서 긴장을 풀어주려고 했다. 하지만 부끄럼이 많은 나는 그럴수록 더 긴장이 되었다. 어색한 미소를 지으며 속으로 중얼거렸다.

'예스예스! 오키오키! 얼른 찍고 날 보내줘라!!!'

마음이 좀 편해지면서 표정도 편해졌는지 그는 사진기를 얼굴에 들이대고 찍기 시작했다. 수십, 아니 수백 장의 얼굴 사진을 찍었고, 이런저런 포즈도 취해보라고 해서 이왕 하는 거 적극적으로 협조를 해줬다. 그렇게 그날의 촬영은 순조롭게 끝이 났다. 며칠이 지나서 그는 본인의 사인을 한 멋진! 흑백 사진을 한 장 내게 주었다. 그런데 남들에게 그 사진을 보여주니 반응이 싸~ 했다. 그럴 만도 한 것이 그 사진에는 내 특유의 뚱~ 함이 너무도 잘 포착되어 있었다.
'아… 이 사람은 나의 이런 면이 맘에 들었던 건가? 참 독특한 취향의 소유자야…' 하고 생각했다.

만리타국 뜨거운 햇살이 내리쬐는 호숫가의 유람선 안에서, 그렇게 느닷없는 프러포즈를 받은 그 생뚱한 경험은 아카데미 수업 기간 내내 머릿속에서 떠나질 않았다.
하지만 그 사진작가는 나보다 10살쯤 어렸고 (나이가 뭔 상관?) 말이 잘 안 통하니 (언어의 장벽은 아무것도 아니지!) 오며가며 눈인사 정도만 하는 사이로 지냈다.

그렇게 찍힌 내 얼굴은 펜티먼트 종강 전시 때 작품으로 벽면에 걸려 만천하에 공개가 되었다. 그러니까, 나의 첫 모델 데뷔라고나 할까? 감회가 새로웠다. 날 모델로 촬영하기 위해, 용기 내어 장미 프러포즈를 한 그 친구의 순수한 마음이 귀여웠다. 그래서 학교를 떠나는 날, 나는 내 그림이 인쇄되어 있는 엽서에 독일어로 이런저런 글을 써서 그에게 보냈다.

그가 내 엽서를 받았는지는 모른다. 그렇게 그와의 인연은 끝이 났다.

낯선 이국에서 젊은 사진작가의 모델이 되게 해준, 햇살 뜨거운 여름날 함부르크 알스터 호수에서의 선상파티는 두고두고 입가에 함박 미소를 띄게 해줄 재미난 추억으로 남아 있다.

땅을
사다

시골 생활의 따분함을 떨쳐버리기엔 여행이 제격이다. 국내 여러 지역과 해외에서의 전시 등을 핑계로 '일' 하면서 '바람'도 쐬는 날들이 이어져 갔다. 그렇게 작가로서 경력을 쌓으며 나이가 드는 만큼 아이도 쑥쑥 자라났다. 유년기를 시골에서 뛰놀며 자연과 함께 보낸 아이는 훌쩍 커서 중학생이 되었다.

그때쯤 우리는 거주지를 옮기기로 마음먹었는데, 우리 동네에는 아이가 진학할 고등학교가 없었기 때문이다. 시골집과 서울의 중간쯤, 바로 양평이 좋겠다는 결론을 내렸다. 양평은 땅덩이에 비해 인구가 적어 한적하고 청정한 지역이다.

우리 부부는 시간이 날 때마다 집을 보러 다녔다. 아이의 고등학교 통학이 가능하고, 작업실과 살림집을 동시에 해결할 수 있는 형태의 주택을 찾으러 몇날 며칠을 드라이브하듯 돌

거대 새싹 2012 acrylic on canvas 182×227.5cm

아다녔다. 그런데 여러 군데 부동산을 다녀보아도 딱히 조건에 맞는 매물이 없었다. 집의 형태도 그렇지만, 경기도 외곽이라고 해도 학교가 있는 읍내는 집값이 꽤 비쌌다. 집을 얻어 월세를 내느냐, 집짓기 위한 대출을 받은 후 그걸 갚느냐… 고민 끝에 후자를 선택하기로 했다. 어쩌면 우리 가족의 생활패턴에 맞게 집을 짓는 게 더 나을 수 있겠다는 생각이 들어서였다. 그래서 이번엔 집을 지을 수 있는 '땅'을 보러 다니기 시작했다.

땅은 대체로 커다란(몇천 평 이상) 덩어리가 대부분이고, 우리가 계획하고 있는 집짓기에 적당한 200~300평 크기의 작은 땅은 거의 부동산에 나와 있지 않았다. 가끔 나와 있는 땅들은 많이 비싸거나 뭔가 하자가 있는 땅들이 대부분이었고, 형편에 맞는 땅을 구할 수가 없었다. 그러던 중 친정 부모님께서 제안을 하셨다. 부모님의 양평 집과 붙어 있는 땅을 우리가 사는 건 어떻겠냐는 것이다. 한참 동안 땅을 보러 다녔지만, 조건에 맞는 땅을 구하지 못해 걱정을 하고 있으니, 지켜보다 못해 얘기를 꺼내시는 거라 하신다.

생각지 못한 제안에 어떻게 해야 하나 고민했지만, 선택의 여지가 없었다. 그 땅은 우리가 원하는 만큼의 크기였고, 여러모로 조건이 맞아 결국 그 땅을 사기로 마음먹었다.

작업실 + 집 짓기 1

　아이는 벌써 중학교 졸업을 앞두고 있었다. 이젠 더 이상 미룰 수가 없다. 이미 집(작업실)을 지어 살고 있는 지인 작가들에게 방문해 이야기도 들어보고, 주변의 건축 관련 전문가들에게도 조언을 구했다. 그리고 인터넷 검색 등을 활용해 차근차근 계획을 세웠다. 우리 부부는 가진 돈을 다 털고 가족들의 도움을 받아 양평에 '작업실+집'을 짓기로 최종 결정하였다.

　종종 뵙던 건축학과 L 교수님께 (우리에게 아기 '소라'를 데려다주신 분이다) 집짓기에 대한 상담을 받고 우선 설계를 해주실 H 설계사님을 소개받았다. 그동안 여러 집짓기 책들을 보며 공부한 결과, 집짓기에서 '설계'가 얼마나 중요한지 잘 알고 있었기에 설계만큼은 꼭 제대로 준비해야겠다고 마음을 먹고 있던 차였다. H 설계사님과 수차례 만나 우리가 준비해

둔 땅의 환경에 맞게 설계를 의뢰했다. 이곳은 도시와는 달리, 땅 크기 대비 집을 지을 수 있는 평수가 생각보다 작았고 우리의 생활 패턴에 맞춰 아래층은 작업실, 윗층은 살림집으로 설계가 진행되었다.

수차례 수정을 한 후 드디어 설계도면이 완성되었고 이제 집을 지어줄 건축 시공사를 물색해야 했다. 그동안 인터넷 검색을 하면서 눈여겨 봐두었던 몇몇 업체를 한 곳 한 곳 꼼꼼히 살펴보기 시작했다. 남편은 오랜 동안 집짓기에 관련된 자료를 수집했는데, 그중 몇 군데를 골라 직접 사무실을 방문해 상담을 받아보기로 하였다.

첫 번째 업체는 철근 콘크리트 집을 전문으로 짓는 곳이었다. 도면을 살펴보고 견적을 내보더니, 우리 예산으로는 도면의 안방 부분을 제외한 만큼 지을 수 있다고 한다. 그러니까, 돈이 모자랐다. 아무리 조율을 해봐도 우리 예산에 맞게 견적이 나오지 않아, 이곳은 후보에서 탈락!

그 다음으로, 목조주택을 전문으로 짓는 ㅍ시공사.

이 업체는 인터넷 카페도 운영하고 있었는데, 남편은 오래 전부터 회원가입을 하여 그곳의 집짓기 과정들을 꾸준히 살펴보고 있었다. 후기를 보니 집을 지은 건축주들의 만족도가 상당히 높았다.

제법 커다란 새싹 2014 acrylic on canvas 73×91cm

ㅍ시공사와의 미팅 날짜가 잡혔다. 시공사 사무실에 간 남편은 그날 공동대표 두 분을 만났다. 한 분은 좀 젊으셨고 또한 분은 연세가 있으셨는데, 우리의 주머니 사정을 솔직하게 이야기하니, 두 분께서 "우리를 믿어라!" 하시면서 특별한? 제안을 하셨다고 한다. 대부분의 시공 업체는 전체 공사대금을 예측하여 총 금액을 산출한 후, 선금, 중도금, 잔금으로 나누어 납부하는 형식을 취한다. 그런데 이 업체는 다른 곳과는 좀 '다른 형태'의 결제 방식을 제안하였다.

남편은 돌아와서 내게 한마디했다.

"아무리 생각해도 내가 떼어먹으면 떼어먹었지, ㅍ시공사가 떼어먹지는 못할 것 같은데?"

우리는 잠시 고민하다가 결국, ㅍ시공사 측을 믿고 우리 집의 건축을 맡기기로 최종 결정하였다.

작업실 + 집 짓기 2

시공사 사장님 두 분 중 우리 집의 건축을 담당해주실 분은 임 사장님으로 결정이 되었다. ㅍ시공사는 당시 목조주택을 전문으로 짓는 업체였기 때문에 철근 콘크리트 건물로 설계가 되어 있는 우리 집을 잘 지어주실 수 있을까? 하는 걱정을 좀 했다. 그런데 알고 보니 임 사장님께서는 젊었을 때 아파트 건축현장 소장님이셨다고 한다. 우리는 걱정을 붙들어매고 전적으로 임 사장님을 믿기로 했다.

원래의 설계도면 대로라면 우리 집은 1층 작업실(작업실은 경사면을 파내어 지은 것이라 실은 반이 땅에 파묻혀 있는 지층이다. 그래서 여름엔 시원하고, 겨울엔 따뜻한 편이다)과 2층 살림집 모두 철근 콘크리트 기초의 평평한 슬라브 옥상을 갖춘 집으로 지어져야 했다. 하지만 건축비용이나 난방 효율

등을 다시 검토한 후, 2층은 목조주택으로 짓기로 계획을 변경했다. 그래서 설계사 유 소장님께 설계도면을 다시 의뢰하였다. 유 소장님은 천창이 달린 뾰족한 박공지붕에 널찍한 다락을 추가하여 멋지고 실용적인 목조주택으로 수정을 해주셨다.

총감독인 임 사장님은 매일 현장에 출근하시어 집짓기의 모든 공정을 꼼꼼히 체크하셨고 공정 하나하나마다 그 분야의 전문가를 섭외하여 정확하고 깔끔하게 일처리를 해주셨다. 지금 생각해보면, 피시공사가 아니었으면 이 집을 못 지었을 수도 있었을 거라는 생각이 든다.

이 업체를 선정한 결정적인 이유이기도 한, 공정별로 후불 결제를 하는 시스템 덕분에 공사 초반에는 초기비용으로 목돈이 들어갔지만 이후에는 공정이 하나씩 마무리될 때마다 대금을 결제했다. 그러니까 '타일'을 붙이면 '타일 공사'에 대한 대금만 결제하면 되었다. 건축주에게 부담을 최소화한 합리적인 방식이었음에도 불구하고 돈은 계속 빠듯했다. 집이 모양새를 갖추고 나서는 대출을 받았다. 생애 첫 빚쟁이가 되었다.

내부 공사가 어느 정도 마무리된 후에는 모든 공사를 중단했다. 앞으로 남은 자잘한 마무리는 스스로 해결하기로 한 것이다. 이후, 간단한 선반 제작, 잔디 깔기, 정원 꾸미기 등 최종 마무리 작업들은 여유가 될 때마다 우리 부부가 조금씩 마

당신의 나무 2014 acrylic on canvas 145.5×112cm

무리를 해나갔다. 그렇게 한 2년쯤 지나고 나니 그제서야 어느 정도 집짓기가 마무리되었다.

일생을 살면서 본인의 집을 소유한다는 건 많은 사람들의 로망일 것이다. 우리 부부 또한 그랬으니까. 그렇게 원하던 집과 작업실이 생겨서 한동안은 그야말로 들뜬 상태로 하루하루를 보냈다. 필요한 살림들을 채워 넣고, 새롭게 작업을 시작하였다. (생애 처음으로 목조주택에 살게 된 남편은 편두통이 거의 없어졌다고 한다. 그게 꼭 집 때문만은 아니겠지만, 콘크리트 건물에 비해 뭔가 좋긴 좋은 것 같았다.)

그렇게 지어진 우리 집은 벌써 6살이 되었다. 집도 나이가 드니, 하얗던 담벼락에 얼룩이 생기고 거미줄로 지저분해져 여기저기 손봐야 할 곳들이 조금씩 생기고 있다. 집도 사람도 자연스럽게 나이가 들어가고 있다.

낮잠 2008 acrylic on canvas 22×28cm

꽃밭에서

꽃이 좋아지기 시작한 건 나이가 꽤 들어서이다. 어릴 때는 그냥 꽃이 "예쁘네" 했지 "좋다"는 생각까지는 안 했다. 양평에 집을 지은 후, 집 주변의 정원을 멋지게 가꿔서 어여쁜 꽃들을 사시사철 봐야지, 했지만 그게 말처럼 쉽지 않았다. 마음 같아 선 정원사를 고용하고 싶으나, 그럴 만한 형편이 되지 못하니 죽으나 사나 내가 (대부분은 남편이) 해결해야 한다. 끄응.

이웃에 사시는 부모님 댁의 정원과 잔디는 두 분이 손수 가 꾸셨는데 들여다보고 있으면 오랜 시간의 정성이 느껴진다. 나도 그렇게 직접 정원을 꾸려보겠다고 큰 소리를 쳐놓고선 벌써 몇 해가 지났는데도 여기저기 손 볼 곳이 너무 많고 뭔가 아쉽다.

해마다 봄이면 집 근처의 나무시장에 들러 나무와 꽃을 사다 심었는데, 올 봄은 코로나바이러스감염증(COVID-19) 때문에 어수선해서인지 마음의 여유가 없다. 그래서 지금 있는 상태에서 정원을 꾸미기로 마음을 먹었다. 야금야금 자라기 시작하는 잡초들을 먼저 제거한 후, 제자리가 아니라고 판단되는 식물들을 옮겨심기로 했다. 식물들의 자리를 옮길 때는 부슬부슬 비가 내릴 때가 좋다. 그래야 옮겨 심은 자리에 잘 적응해 뿌리를 쑥쑥 내린다.

마침 비 예보가 있어서 첫 번째로 딸기밭을 정리하기로 했다. 딸기는 조금만 심어 놓아도 그 일대가 모조리 딸기밭으로 변신을 한다. 딸기를 제대로 키워서 먹으려면 제멋대로 자라난 딸기 줄기를 잘라서 새로운 땅에 심어주어야 한다길래 이번에 마음먹고 딸기를 새롭게 옮겨 심었다. (단, 시기가 너무 늦으면 당해에 열매를 맺지 않는다)

두 번째로 각종 베리 나무들을 옮겨 심었다. 블루베리 등 베리류의 나무들은 땅의 ph에 민감하여 일반적인 흙에서는 잘 자라지도 열매를 맺지도 않는다고 한다. 그래서 그랬는지 총 세 그루의 베리 나무가 있지만 한 그루 빼고는 성장이 멈춘 상태로 몇 해째 버티고 있다. 딸기밭 근처로 자리를 옮기면서 베리 나무들이 잘 자랄 수 있도록 전문가의 조언대로 조치를 할 예정이다. 이렇게 뚝딱 '베리베리 공원'을 조성하고 있는데 부슬부슬 비가 내리기 시작한다.

잘 자라라 2014 acrylic on canvas 45.5×53cm

마지막으로, 딸기밭 한쪽 옆에 부추와 샐러리를 심고 그 옆에 고수 씨앗을 뿌렸다. 보통 쌀국수에 넣어 먹는 고수는 향이 강해서 호불호가 갈리는데, 엄마와 나는 고수 마니아다. 부추, 샐러리와 고수 전용 밭이라니! 작지만 완벽한 나만의 취향저격 텃밭이다. 부추가 들어간 오이소박이도 내가 아주 좋아하는 음식이다. 그래서 여름이면 아랫집에서 오이를 얻어다가 직접 기른 부추와 함께 오이소박이를 만들어 먹는다. 올해도 정정당당히 오이를 얻어먹으려면 부모님께서 집을 비우실 때마다 틈틈이 물주기 '알바'를 해야 한다. 세상에 공짜는 없다.

오늘 계획한 일이 대충 끝나, 잠시 쉬었다가 마당에 나가보니 누군가 팝콘 같은 꽃이 붙어 있는 '장미조팝나무'의 어린 나뭇가지 하나를 나의 작은 화단에 심어 놓았다. 누구일까? 수소문하니, 엄마가 아랫집 화단에 있던 나무줄기 하나를 심어놓고 가신 것이다. 할미꽃과 보라색 히야신스만 가까스로 꽃을 피운 나의 썰렁한 정원에 새하얀 꽃이 돋보인다.

저 어린 가지가 시간이 흐르면 조금씩 굵어질 것이다. 그리고 매년 봄이 되면, 핑크빛이 살짝 도는 하얀 털뭉치 모양의 귀여운 꽃을 들여다보며 생각할 것이다.

'이맘때쯤 '엄마'가 심어주신 것인데… 올해도 씩씩하게 꽃을 잘 피우네….'

왕밤
줍기

작업실 문을 열면 부모님께서 가꾸시는 텃밭 주변에 있는 오래된 밤나무 세 그루가 보인다. 봄이 지나 여름이 되면, 미색 털실(혹은 거대 송충이)이 늘어진 듯한 특이한 생김새의 밤꽃이 커다란 밤나무 한가득 피어난다. 밤꽃은 생김새만 특이한 게 아니라 그 향기가… 향기라고 칭하기엔 고약한 특유의 냄새(아무튼 구체적으로 말하기 좀 그런 요상한 냄새)가 난다. 그 향으로 인해 여름 내내 머리가 아팠는데, 어느새 꽃이 지더니 튼실한 밤송이들이 주렁주렁 매달리기 시작했다.

해가 뜨고 지고 비가 오고 바람이 부는 동안 연두색 밤송이들은 나무에서 잘 익어 갈색이 되었고, 얼마 전부터는 바닥에 하나둘 떨어지기 시작했다.

그런데 이 밤나무에서는 평균치를 넘어선 특 '왕밤'이 열린다. 이 왕밤은 아마도 '식물 금손' 아빠와 연관이 있는 것 같다.

아버지의 정원 1996 acrylic on canvas 130.3×162cm

뭐든 아빠가 돌보면 쑥쑥 자란다. 마당의 화초, 나무들을 잘 키우시는 건 기본이고 누군가 죽은 것 같다고 버린 화분 속 말라비틀어진 식물들도 살려내신다. 아빠의 밤나무는 살뜰한 보살핌 속에 매번 왕밤을 쑥쑥 만든다. 수렵채취에 별 흥미가 없는 나도 이 왕밤만큼은 욕심이 생긴다. 그래서 왕밤이 떨어질 때면 아무리 바빠도 잠깐씩 시간을 내어 '밤 줍기'를 한다. 하루는 내가 밤을 줍고 있자니, 아랫집에서 아빠가 올라오시며, "누구야? 누가 밤을 훔쳐가?" 하신다! 도둑이 제발 저린다고 했던가? 나도 모르게 흠칫하며 중얼거린다. "먼저 줍는 사람이 임자지…."

  늦가을 밤 줍기 체험은 내가 하는 농사일 (일 년 내내 가만히 나무만 쳐다보고 있다가 땅바닥에 떨어진 밤을 줍는 걸 농사라고 불러도 되는지 모르겠지만…) 중 가장 좋아하는 일이다. 아빠랑 나는 밤이 떨어질 때면 마치 다람쥐가 된 듯한 착각을 불러일으킨다. 서로 의식을 안 하는 듯, 하면서도 왠지 모를 경쟁을 하고 있는 다람쥐 부녀! 장화 신은 발로 바닥에 떨어진 밤송이의 양 귀퉁이를 살짝 밟아주면 튼실한 왕밤이 쏘옥! 고개를 내민다. 기다란 집게로 알밤을 꺼내, 한 알 한 알 바구니에 담아 놓으면, 도토리를 양 볼에 가득 채운 다람쥐가 된 기분이다. 아빠도 나도 한가위 보름달 같은 넉넉한 표정을 지으며 알밤을 저장하러 각자의 집으로 간다.

밤조림(보늬밤)
만들기

　잔뜩 주운 밤을 어떻게 해야 하나 생각하다가 영화 〈리틀 포레스트〉*의 '밤조림(보늬밤)' 만들기가 떠올랐다. 주인공 혜원 (김태리는 너무 예쁘다!)이가 만들어 먹는 밤조림을 보면서 '아! 이건 나도 충분히 만들 수 있겠다!' 라고 생각했었고, 역시나 제법 그럴 듯하게 밤조림을 만들어냈다.

　작년에 내가 만든 밤조림은 꽤나 인기가 좋았다. 거짓말 조금 보태, 가족들이 서로 달라고 아우성이었다. 특히 연로하신 아버님께서 간식으로 드시기에 너무 좋다고 하셔서 올해도 아버님을 위한 밤조림을 몇 차례 만들었다. 하지만 아랫집 친정 부모님께서는 너무 달아 입맛에 맞지 않는다고 하신다. 단맛 때문에 호불호가 갈리는 것이다. 여튼, 얼마 전 만든 밤조림은 성공적으로 완성되어 아버님께 한 차례 보내드렸는데, 두 번째 시도한 밤조림은 아쉽게도 실패를 했다.

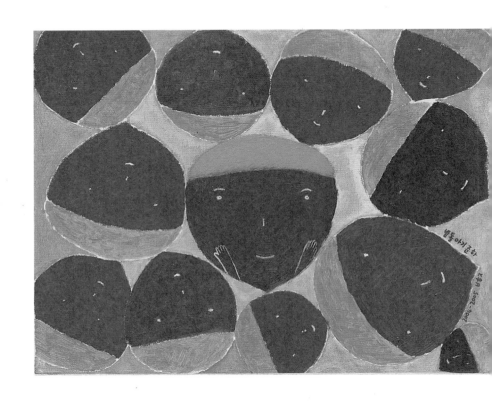

밤톨아기 준하 2004-2005 acrylic on canvas 32×41cm

몇 차례의 밤조림을 만들면서, '키워드'를 생각해보았는데, 그건 바로 '소다물'과 '약불'이다.

밤조림을 만들기 위해선 밤의 딱딱한 겉껍질을 벗겨낸 후, 밤의 속껍질 '율피(보늬**)'는 그대로 둔 채, 베이킹소다 물에 하룻저녁 정도 담가놔야 한다. 나는 저울도 없고 계량스푼도 없어서 그냥 눈대중으로 베이킹소다의 양을 계량했지만 이 글을 읽고 밤조림을 만드시려는 분들은, 전문가의 레시피를 참고하여 조리를 하면 더 좋은 결과를 얻을 수 있을 것이다.

첫 번째 키포인트는 담가놓은 그 소다물을 절대 버리지 말고, 담가 놓았던 그대로 끓여야 한다. 그 소다물을 버리는 순간, 버건디 빛깔의 밤조림은 볼 수가 없게 된다. 밤조림을 만들 때 물에 담겨진 밤을 반복해서 끓이는 과정이 상당 부분 차지하는데, 이는 율피의 떫은맛과 잡티를 제거하기 위한 과정이라고 한다. 그러니까, 밤을 삶는 목적보다는 떫은맛 제거가 주목적이다.

이때, 두 번째 키포인트는 '약불'에 끓이는 것이다. 시간이 없다고, 불을 세게 해서 끓이면, 대부분의 밤이 터져버린다. 하지만, 불을 줄여 약불로 끓인다 해도 율피가 터지는 게 여러 개 나왔고 햇밤은 아무리 약불로 해도 밤이 몇 개나 터져 버리긴 한다. 장기 보관할 것인지에 따라 설탕의 양을 조절하고 마지막으로 기호에 따라 럼주와 간장도 첨가하면 된다. 개인적으로 나는 간이 센 것을 좋아하지 않아 마지막 과정은 생략하는데, 그래도 전혀 문제없이 꿀맛이다.

이상, 위의 내용들만 유의해주면 큰 문제없이 맛난 밤조림을 맛볼 수 있을 것이다.

"단밤에 단맛을 더해 보관한다. 다 먹어버리지 못하게, 생각날 때마다 꺼내 먹을 수 있게…"
 - 영화 〈리틀 포레스트〉 혜원의 대사 중

---

* 보늬는 본의(本衣)의 순우리말. 밤 따위의 속 껍질.
** 〈리틀 포레스트〉 2018, 한국영화, 103분.
  감독: 임순례 (동물권행동 카라(KARA) 대표)

내동댕이
유감

날이 더워지기 시작하면 작업실 냉장고에 물, 비타민음료 등을 채워 넣는다. 그 음료들은 내가 먹기도 하지만, 더운 날 내 작업실에 찾아온 손님께 드리기 위해 준비해 놓는 것이다.

요즘은 대부분의 물건을 온라인으로 주문하고 택배로 받아 보니 많은 물건들이 택배로 도착한다. 미술재료들도 예외가 아니라, 재료 사러 화방에 간 게 언제인지 기억이 나지 않을 정도다.

작품 운송기사님, 택배기사님이 대문 입구에 도착하면 나는 재빠르게 창문을 내다보고 인원을 파악한 후, 냉장고로 달려가 시원한 물을 챙긴다.(물 외 다른 음료는 마신 후 더 갈증이 난다고 하심) 물건을 받고 시원한 물을 건네드리면 구슬땀을 흘리시던 기사님들은 대부분 고맙다며 받아 드신다. 그렇게 오랫동안 기사님들께 내 나름의 작은 성의 표시를 했는데, 작

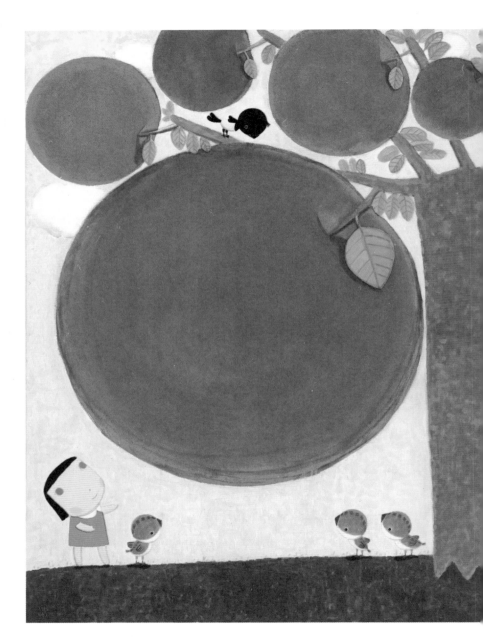

생각보다 커다란 열매 2014
acrylic on canvas 117×91cm+117×80, 5cm

년 가을쯤, 한 택배회사의 기사님이 다른 분으로 바뀌면서 문제가 좀 생겼다.

그분과의 첫 만남은 꽤나 인상적이었다. 아니, 처음엔 만나보지도 못했다. 내 물건을 다른 집에 내려놓고 갔기 때문이다. 택배 배송완료 문자가 왔지만 아무리 둘러봐도 물건이 없었다. 그래서 하는 수없이 전화를 해보니, 꽤 멀리 떨어진 집에 잘못 배송해놓고 가신 거였다. 뭐 그럴 수 있지, 하면서 남편과 함께 차를 끌고 물건을 찾으러 갔다 왔다. 물건을 잘 찾았다는 문자를 보내니, "죄송하고 감사하다"는 답문자가 왔다. 그런 일이 있고 한참 후에 또 주문한 물건이 도착했는데 이번에도 도착했다는 물건이 보이지 않았다. 요즘 기사님들은 물건을 숨겨 놓는 게 취미인가 봐? 하면서 여기저기를 찾아다니는데… 마당 한구석에 조그만 박스가 내동댕이쳐져 있었다. 박스의 송장이 바닥 쪽을 향한걸 보니, 살며시 내려놓은 게 아니라 무슨 이유에선지 던져놓은 것 같았다. 그 옆에는 의자도 하나 있었는데, 의자 위도 아니고 땅바닥에 내동댕이라니… 기분이 썩 좋지 않았지만, 다행히도 파손될 만한 물건이 아니라 그냥 넘어갔다. 혹시나 하고 송장을 확인해보니, 얼마 전, 내 물건을 다른 집으로 배송했던 그 기사님이다. 뭐 그럴 수도 있지… 그리고 또 시간이 지났다. 주문한 물건마다 배송 회사가 다르니, 그 후로도 수시로 여러 기사님이 들렀는데, 대부분의 기사님은 작업실 입구 현관문 앞에 물건을 안전하게 놓고 가신다.

어느 날, 내가 외출한 사이 택배가 도착해 있었다. 이번에는 상자 두 개가 땅바닥에 던져져 있었다. 송장을 확인하니, 또 그분;;; 이번에는 너무 화가 나서 고민 끝에 문자를 보냈다.

"기사님! 택배 상자를 바닥 말고 옆의 의자 위에 놓아주시면 감사하겠습니다."

그러고 나서 며칠 후, 또 다시 그 기사님이 배송한 물건이 도착했는데, 역시나 바닥에 내동댕이!!! 한 차례 문자로 부탁을 드렸는데도 계속 같은 행동을 하는 사람에게 또다시 문자를 보내봤자 별 개선이 될 것 같지 않았다. 그래서 고심 끝에 마당에 cctv를 하나 더 추가로 설치했다. 기존에 달려 있던 cctv로는 택배차량이 잘 보이지 않아, 차량 진입로 쪽에 추가 설치를 한 것이다. 그러고 나서 cctv가 달려 있음을 알리기 위한 'cctv 촬영 중'이라고 또렷이 씌여진 정방형 아크릴판을 떡하니 입구에 붙여 놓았다. 백문자불여일cctv라고 해야 하나… 너무나 신기하게도 그 이후로는 한 번도 물건이 바닥에 떨어져 있지 않았다!

-44kg

오랫동안 계획했고, 차근차근 실행에 옮겼다. 한꺼번에는 힘들고 여기저기서 조금씩 조금씩 골고루 균형 있게 줄여야 하니까, 조급하게 생각하지 않았다. 계획한 만큼 빼놓고 나선 나는 생각했다.

'흠, 이 정도면 됐어. 이제 마무리하려면 그분을 모셔야겠지….'

이 분야 최고의 권위자를 모시기 위해 나는 또 몇 날 며칠 인터넷을 뒤졌다. 드디어 고수 냄새가 풀풀 나는 분을 발견! 연락처로 전화를 걸었다.

"아, 언제쯤 시간이 되시나요?"

"○○지역은 ○요일에 갑니다. 다음 주에 들르겠습니다."

"네! 감사합니다!!"

드디어 그분과 약속이 잡혔다. 이젠 좀 더 깔끔하고 단정한

—

단짝 2016 acrylic on canvas 72.7×90.9cm

—

모습으로 바뀔 것이다. 너무나 기대된다.

나는 옷장을 하나 더 사느냐, 옷을 추려 버리느냐를 놓고 오랫동안 고민했다. 결론은 안 입는 옷을 정리하기로! 서랍장, 장롱의 안 입는 옷, 그리고 미처 들어가지 못한 옷가지들을 대대적으로 정리해놓은 후, 헌 옷 수거 사장님을 모시기로 한 것이다.

약속 날 아침, 장인 포스가 느껴지는 연세가 좀 있으신 부부가 오셨는데 쌀포대에 깔끔하게 담아놓은 옷가지들의 무게를 달아보시더니, 무려 총 44킬로라고 하셨다. (우리 세 식구와 아버님까지 총 네 명의 옷을 정리) 헌 옷 수거 사모님께서는 원래 킬로 당 200원을 쳐주는데, 특별히 250원을 쳐주신다면서 계산기를 두드리더니, 내 손에 11,000원을 쥐어주셨다.

"아, 이런! 이거 팔아서 치킨 사 먹으려고 했는데… 한참 모자라네요."

나는 아쉬운 소리를 하며 돈을 받아들었다. 벼르고 벼르던, 헌 옷들과 중고 물건들을 처분하고 나니 속이 시원하다. 이젠, 옷장에 안 들어가는 옷, 수납장에 안 들어가는 물건이 없도록 살림을 더 이상 늘리지 않을 계획이다! 라고 생각했지만, 그건 희망사항! 방금, 택배가 또 한 상자 도착했다.

사랑니

뽑기를 미루고 미루던, 긴긴 세월 동안 의술이 엄청 발전한 것인지… 마취를 했다고는 하지만, 정말 눈 깜짝할 사이에 이를 뽑아내었다. 마취가 풀리면서 조금 욱신거리긴 했지만, 솔직히 통증이라고 말하기엔 너무 안 아팠다. 그러니까 안 아파서 좋긴 한데, 그 오랜 시간 나랑 함께한 사랑니가 그렇게 하나도 안 아프고 아무렇지도 않게 쑥 빠져버리니 왠지 서운한 느낌마저 들었다. 치통에 고통 받는 분들이 이 얘길 듣는다면, 이게 웬 귀신 씨나락 까먹는 소리? 하겠지만 나는 진짜로 조금 서운하다는 생각이 들었다.

그리고 눈 깜짝할 사이에 뽑힌 그 사랑니를 보고 깜짝 놀랐다. 너무 귀여웠기 때문이다! 다리가 여러 개 달린 좀 못생긴 이를 상상했는데, 이건 웬걸! 꼭 잘 다듬어진 조각품 같았다.

—

개 그림 카페라테 2018 acrylic on canvas 45.5×53cm

—

뽑혀진 사랑니를 보고, 간호사에게
"이거 제가 가져가도 돼요?" 하니까
의료 폐기물이라 외부 반출이 안 된다고 한다.
"그럼, 사진 찍어도 돼요?"
"네, 그러세요."

요리조리 돌려가며 사진을 몇 장 찍은 후, 아쉽지만 그녀(내 이빨이니까)를 두고 자리를 떴다. 집에 돌아와 가족 단톡방에 사진을 올렸더니…
"징그러!!"
내 눈에만 귀요미였던 것이다.
"이런 사진 어디다 올리지 마라!!"는 경고까지!

당연하지! 내 소중한 사랑니를 아무한테나 함부로 보여주 진 않지… 당신들! 특별히 생각해서 보여준 거라구!

프로필
사진

전시회 도록에 들어갈 인물사진을 찍으려고 계획한 날의 전날 밤, 느닷없이 눈다래끼가 생겼다. 아프기도 하고 눈이 조금씩 부어올라서 고민하다 안과를 방문했다.

"선생님, 제가 좀 있다 사진을 찍어야 돼서, 눈이 더 붓지 않게 조치 좀 해주세요."

"눈 안의 고름을 짜내면 더 이상 붓지 않습니다."

그러고는 눈꺼풀을 젖 먹던 힘까지 짜내서 짜기 시작했다.

"으ㅇㅇ으어;;;;;;;"

진짜 인간적으로 너무나 아팠다.

그 와중에 의사 선생님은 "무슨 사진을 찍으시는데요?"라는 질문을 하셨고, 눈꺼풀 찢어지는 아픔을 참으며, 간신히 기어들어가는 목소리로…

"프… 로… 필… 이… 여…."

심쿵 2018 phosphorescent pigments, acrylic on canvas 45.7×45.7cm

의사 선생님은 내 대답에 댓구도 없이, 몇 초간 진짜 온 힘을 다해 눈꺼풀을 눌러 짜더니 (진짜 눈알 빠지는 줄!!) "고름이 없네요!"

나는 진심, '야! 뭐야? 장난해??' 라고 소리를 지를 뻔했다. 한쪽 눈이 빠진 건 아닌가? 더듬거리며 진료실을 나오니, 친절한 간호사 언니가 눈에다 잠시 뜨뜻한 걸 틀어주고는, 양쪽 궁둥이에 주사를 한 대씩 놔준 후 (쌍궁둥이 주사는 처음) 솜으로 폭풍 마사지를 해주었다. 예상치 못한 마사지에 놀라기도 했고, 웃기기도 하여,

"이렇게 세게 돌리면 팔목 아프지 않으세요? 멍들지 말라고 그러시는 거예요?" 질문을 하니까,

"힘들진 않아요! 약이 잘 퍼지라고요!" 라고 대답해주셨다.

주사실을 나와 처방전을 받아드니, 약도 3일치나 된다. 힘 좋은 의사 선생님 덕분에 눈은 한동안 얼얼했지만, 쌍 주사와 약 때문인지 다행히 눈은 더 이상 부어오르지 않았고, 사진도 무사히 잘 찍었다.

햇살 좋던 2018년 어느 봄날

화가의 직업병
: 수평이 맞아야 마음이 평안합니다

　오래도록 한 가지 일을 하다 보면 자신도 모르게 특정한 버릇이 생기는 경우가 종종 있다. 그러니까 우스갯소리로 하는 얘기인 '직업병'이라는 걸 나도 조금은 가지고 있는 것 같다.

　코오롱그룹에서 운영하는 space K 갤러리에서는 몇 해 전부터 연말에 자선 전시를 기획한다. 이 전시에 초대를 받은 작가들은 본인의 작품을 50%의 가격으로 전시에 내놓는다. 전시를 통해 작품이 판매되면 작가에게 수익금의 일부가 돌아가고, 나머지는 기부가 이루어진다.

　많은 작가들이 본인의 작품을 할인해서 판매하는 이 일에 기꺼이 선의를 가지고 동참한다. 한 푼의 수익도 남기지 않고, 오히려 이 행사 진행을 위해 지원을 아끼지 않는 갤러리 측에 매번 감사할 따름이다. 무엇보다 이 행사는 작품을 구매하는 컬렉터 덕분에 존재하는 전시이기도 하다. 아무리 취지가 좋고 작품이 훌륭하더라도 구매자가 없으면 '기부'를 할 수 없기 때문이다. 작품 구매자들은 좋은 작품을 저렴한 가격에 구매하면서 동시에 기부도 하게 된다.

대략 이런 전시가 있는데, 그 전시가 끝나고 나면 정산을 해서 그 해의 '판매왕'(작품 판매 대금이 가장 많은 작가를 선정하는 것으로, 편의상 '판매왕'으로 호칭한다)을 뽑는데, 이번엔 내가 해당 작가가 되었고, 그 자격에 걸맞게 판매 대금을 전달하는 행사에 참여해야 했다. 나는 갤러리 관계자와 함께 푸르메재단의 '기부금 전달식'에 참여하게 되었다.

약속 시간에 맞춰 푸르메재단 사옥에 도착하니, 갤러리 담당자인 황 과장님이 미리 나와 계셨고, 반갑게 인사를 나눈 후 회의실로 이동했다. 회의실에서 재단 관계자분들과 인사를 하고 잠시 담소를 나누었다. 그후, 직원 한 분이 재단의 연혁과 이 재단이 어떤 일을 하는 곳인지 PT를 해주었고, 건물 내 시설도 일일이 안내해주었다. 한마디로 '기부금이 이런 일을 위해 사용된다' 라는 설명을 해주신 것이다.

그러고 난 후, 기부금 금액이 적혀 있는 패널을 재단의 백경학 상임이사님과 함께 들고 기념 촬영을 하는데, 순간 나도 모르게 카메라맨을 향해 소리쳤다!

너와 함께 2017 acrylic on canvas 162×227.5cm

"잠깐, 지금 이거 수평 맞나요?"

그러자, 패널을 같이 받쳐 들고 있던 백 상임이사님께서 웃으시며 한말씀 하신다.

"기념촬영하면서 수평 맞냐고 확인한 건 작가님이 처음이네요! 허허허."

그렇다. 그렇게 그날, 나의 직업병은 '비수평 불안증'으로 밝혀졌다. 이미 오래 전부터 조짐은 있었다. 내 작업실에는 크기별, 용도별로 수평자가 여러 개 있고, 공구상에 가면 더 좋은 수평자, 혹은 수평계를 사고 싶어서 다양한 모양의 수평자 근처에서 알짱알짱거리며 한동안 만지작거리다가 오고는 했다. 하지만 아이러니한건, 지금 내 작업실 벽면의 그림들은 대부분 수평이 안 맞아 조금씩 기울어 있다는 거… 언젠가는 레이저 수평계도 꼭 장만할 계획이다.

● 이날 미팅 후, 집에 돌아와 푸르메재단의 연혁 등에 관해 좀 더 알아보면서 재단 설립자이신 백경학 상임이사님의 일화를 알게 되었고 큰 감명을 받았다.

푸르메재단은 올해로 설립 15주년을 맞은 우리나라 최초의 장애인 치료, 재활, 자립을 위한 비영리기관이다. 2016년에는 시민 1만 명과 넥슨 등 500개 기업의 참여로 서울 마포구에 '푸르메재단 넥슨어린이재활병원'을 개원하였다.

콩물

우리 동네에서 차로 30분정도 가면, K작가가 운영하는 아기자기한 카페가 있다. 조그만 동네의 유일한 이 카페에는 남녀노소 불문하고 여러 손님이 드나든다. 카페 오픈 날, 지인들이 모여 커피를 마시고 있는데 흰머리의 멋쟁이 할아버지 한 분이 카페로 들어오셨다.

"여기, 제일 맛있는 게 뭐여? 맛있는 걸로 한잔 줘 봐요!"

하셨고, 카페 쥔장은 달콤한 카페라테를 한잔 내왔다.

할아버지께서는 커피를 한 모금 드시고는,

"이건 뭘로 만든 거여? 맛나네…."

"할아버지, 그건 커피콩으로 만든 거예요!"

라고 설명을 드리니,

"어!! 이게 콩물이여?‥?"

하며 놀라신다.

;D :D :D

너에게 - 카페라테 2016 acrylic on canvas 22.8×15.9cm

너에게 2016 acrylic on canvas 41×32cm

자취생인줄…

집에서 조금만 걸어 내려가면 부모님이 살고 계신다. 엄마는 요리에 별 취미가 없는 나이롱 주부 23년 차 딸을 위해 종종 '먹거리'를 제공해 주시는데, 정성스레 만들어진 음식들은 여러 종류의 통에 담겨 우리 집으로 옮겨진다. 냄비, 플라스틱 통, 유리 통, 스테인리스 통에 쟁반까지… 어느 날, 엄마가 반찬통을 반납하라시길래 정리를 해보니, 냄비 1개, 통이 9통, 쟁반이 2개다.

음…
내 자취방 주소는 냄비1리 9통 2반?!

엄마!! 고맙습니다!! ♡..♡

생수병이 거기서
왜 나와?

　오래 전에 〈지붕 뚫고 하이킥〉이라는 인기 시트콤이 있었다. 당시 꼬마였던 아들이 아직도 가끔 그 시트콤을 찾아볼 정도로 지금 봐도 너무나 재미있는 이야기들이 가득한 드라마다. 그중, 등장인물 한 명이 평소 썸 타는 상대방의 집에 놀러 갔다가 화장실에서 큰 볼일을 보게 되는데, 그만 변기가 막혀버리고 마는 에피소드가 있다. 아무리 애를 써도 변기가 뚫리지 않자, 온갖 핑계로 화장실 문을 열어주지 않는다. 결국 화장실 안에서 도시락까지 받아먹으며 밤을 지새우다가 최후에는 수리공을 불러 밖에서 문을 따고 들어간다는 내용이다. 나는 그걸 보면서 격하게 공감하였다. (그렇다고 내가 이런 경험을 한건 아니다!) 좋아하는 사람의 집 화장실을 '똥'으로 막히게 해놓다니!! 아휴… 그 다음은 생각하기도 싫다.

게임의 법칙 1998 acrylic on canvas 45.5×53cm

이렇게 집도 집이지만 호텔 등의 숙소에 머물게 될 경우, (해외는 건식 화장실이 대부분이다) ×이 막혀 물이 내려가지 않는다면, (그건 차라리 다행이게! 물이 막 스멀스멀 올라온 경험을 해본 적이 있는 분, 손!!) 다음의 이야기를 꼼꼼히 읽어 두고, 이 글을 대대손손 공유하여, 일생을 살면서 ×으로 변기가 막히는 일로 낭패를 보는 일은 없도록 해야 할 것이다.

우리 집엔 화장실마다, 변기 옆 한쪽 귀퉁이에 밑동이 잘린 2L 페트병이 자리 잡고 있다. 그 페트병은 욕실에서 가장 중요한 임무를 담당하고 있는데, 그건 바로 엄청난 굵기 혹은 엄청난 양의 ×으로 인한 '변기 막힘' 대참사를 한 방에 해결해주는 해결사 역할이다. 페트병의 밑 부분을 잘 드는 가위나 커터로 잘라낸 후, 변기에 물이 고여 있는 상태에서 2~3회 펌프질을 해주면, 웬만한 ×은 가뿐하게 쏵~ 내려간다. 너무 쉽고 간단하여 좀 허무하게도 느껴지겠지만, 정말로 이게 전부다. 아무리 큰 ×도 문제없다.

변기에는 어느 정도의 물이 차 있는 게 좋고, 페트병의 공기 압력으로 밀어내는 원리라, 페트병의 뚜껑은 꼭 닫혀 있어야 한다. 밑동을 자르지 않고, 반대로 윗 뚜껑 쪽을 잘라내어도 무방하다. 그리고 페트병이 원형이어도 좋지만 사각이어도 크게 문제는 없다. 하지만 너무 얇은 소재는 힘을 못 받을 수 있으니, 단단한 페트병은 버리지 말고 미리미리 챙겨두면 좋다. 드라마 〈응답하라 1988〉(월동준비 편)에서 정봉이가 이 팁을 알려주는 장면이 나오는데 어쩌나 반갑던지!

지난해, 지인 한 분께 이 팁을 알려드린 적이 있었는데, 명절 후 과식으로 인해 변기가 막혔을 때 이 꿀팁을 활용해 '화'를 면했다고 했다. 그 지인은 세상 살면서 이렇게 유용한 생활 상식은 처음이라며 입에 침이 마르도록 칭찬을 하셨다. 그러나 남편과 아들은 처음에 이 페트병의 위력을 믿지 않았다. 하지만 어느 날인가, 아들이 거대한 볼일을 본 후 변기가 막혀버리는 불상사가 일어났다. 이런저런 방법을 시도하며 고군분투하다가, 반신반의하며 페트병으로 두어 번 펌프질을 했을 뿐인데, 너무나도 말끔히 문제가 해결되었다며 흥분을 감추지 못했다. 그날 이후로 아들은 내가 하는 말은 모두 찰떡같이 믿게 되었고, 다 마신 생수병도 함부로 버리지 않고 애지중지하게 되었다고 한다.

"절대 포기하지 마라, 언젠간 뚫릴지어다!"

- P 작가

우산 단상,
아니 우산 트라우마!

　나는 초등 고학년 때부터 날씨가 조금만 좋지 않아도 보조 가방에 우산을 꼭 넣어가지고 다녔다. 그중 오랫동안 내가 아끼던 우산이 있었다. 손잡이가 동물 모양인 붉은 체크무늬 2단 우산이었는데, 엄마는 꽤 비싸게 주고 산 것이니 잘 챙겨 다니라고 당부를 하셨던 걸로 기억한다. 친구들은 "넌 비도 안 오는데 우산은 왜 챙겨 다니냐?"며 뭐라 했지만 그러고 나서 몇 시간 후면 꼭 비가 왔다.

　왼손으로는 우산 몸통을 잡고 오른손으로는 우산 손잡이를 쭉 뽑아서 대를 세운다. 다시 왼손으로 우산 살을 쭉 밀어올려 편 후, 나는 위풍당당 우산을 받쳐 들었다. 그렇게 우산 마니아였던 내가 우산 쓰는 걸 좋아하지 않게 되었다. 그게 정확히 언제부터인지는 모르겠지만, 짐작이 가는 사건이 하나 있긴 하다.

그 사건은 비가 오는 날 우산을 바라볼 때면 떠오르는 일인데, 이걸 추억이라고 하기엔 자존심이 좀 상하고 그렇다고 누굴 원망할 일도 아니라, 항상 마음속에 간직하고 있던 사건이다. 이 이야기를 언젠가는 꼭 에세이로 써야겠다고 마음먹고 있었는데 이번에 기회가 왔다!

때는 시간을 거슬러 귀염순둥하던 대학생 때. 당시 내 주변을 맴도는 K라는 동기가 있었는데 내게 피해를 주거나 하진 않아서 크게 신경을 쓰진 않았다. 어느 날, 학과 선배들 몇 명과 같이 동아리 활동에 필요한 재료를 사러 가기로 했는데, 마침 비가 쏟아지기 시작했다. 선배들은 가는 날이 장날이라며, 실기실에 있던 우산을 하나씩 챙겨 들었다. 그중 일행인 K도 조그만 비닐우산을 하나 챙겼다. 그런데 사람 수보다 우산 수가 적어서 몇 명은 우산을 같이 써야 했다. 그래서 나는 K와 한 우산을 쓰게 되었다. 지금 생각하니, 굳이 왜 작은 비닐우산의 K랑 한 우산을 쓰게 되었는지는 미스터리하다.

여튼, 그렇게 K와 짝꿍이 되어 우산을 쓰고 걸어가는데, 비가 정신없이 퍼붓기 시작했다. K는 그래도 자기가 남자라고 내 어깨가 젖지 않도록 조그만 우산을 내 쪽으로 기울이며 길을 걸었다. 나는 속으로, '훗, 은근 매너 있네…' 하면서 최대한

우울증 1997 acrylic on canvas 162×227cm 부산시립미술관

물이 튀지 않도록 사뿐사뿐 걸었다. 걷는 거리가 꽤 되었는데, 비는 더 거세게 쏟아졌고 급기야 천둥번개가 치기 시작했다. 처음엔 아주 미세하게 "반짝" 하는 번개와 '오로롱~' 하는 귀여운 천둥소리가 났지만, 비가 계속해서 퍼부으면서 하늘이 심상치가 않았다. 비바람에 K와 나의 몸은 최대한 밀착되었고 (우산이 작아서 짜증났던 걸로 기억!) 흔들리는 우산을 둘이 힘을 합쳐 네 손으로 받쳐 들고는 힘겹게 비를 헤치며 걸어나갔다.

그러다 순간, 동물적 감각으로 느꼈다. 이번엔 왠지 엄청 센 천둥이 내리칠 거라는 걸. 마음의 준비를 단단히 하고 우산을 움켜잡았는데, 번쩍! 번쩍! 번개가 쳤고 이제까지와는 급이 다른 천둥이 "우르르쾅쾅!!!" 내리쳤다. 그런데 갑자기 나의 왼쪽이 허전해지면서 우산이 내 오른쪽으로 휘청 넘어왔다.

……

이 K도 동물적 감각으로 뭔가 심상치 않음을 감지했는지, 우산을 패대기치고 도망을 간 것이다. 나는 순간 어? 뭐지? 당황하면서도 '저 인간, 저만 살려고 도망 간 거야?' 하는 생각이 들면서 울화가 치밀어 올랐다. 잠시 후, 엄청난 천둥의 여운이

채 끝나지도 않았는데, 물에 빠진 생쥐 몰골을 한 K가 염치도 없이 다시 우산 속으로 기어들어오면서 다급하게 변명하듯 횡설수설한다.

"아, 미안! 누군가 '번개가 치면 우산을 내던지고 도망쳐'라고 얘기해준 게 떠올라서 그만! 정말 미안!"

솔직히, K가 우산 속으로 다시 기어들어온 이후는 하나도 기억이 나질 않는다. 오로지, 단지, 온리! 네 손으로 같이 잡고 있던 우산을 내 쪽으로 밀치면서 우산 밖으로 튕겨 나가버린 그 인간의 생쥐 같은 모습만 아직도 생생히 기억날 뿐이다.

이쯤에서 짐작은 하셨겠지만, 그 K는 지금 거실 소파에 누워 리모컨을 만지작거리고 있다. 가끔 이 얘길 꺼내면 미안하다고 하면서도, 자기도 본능적으로 그리된 것이기 때문에 억울하다고 하소연한다. 모쪼록, 이 이야기는 20년 넘게 재탕 삼탕에 물까지 부어 헹궈 마시며 놀려먹는 중이다. 하지만 앞으로는 이 얘길 꺼내며 놀리지 않을 것이다. (더 이상 얘길 꺼내지는 않을 것이라 인쇄물로 남겨두기로 결정하였다!) 혹시라도 아들이 이 얘기를 옆에서 주워듣고, 여자친구랑 데이트를 하다가 비 오는 날 번개가 친다고 무의식중에 우산을 밀쳐버리면 안 되니까….

내 마음 속에
음란마귀가 산다

아들이 아침 일찍부터 분주하다. 오늘은 여자친구와 바다 구경을 가기로 했단다.

"좋을 때야! 젊을 때 많이 놀러 다녀라!"

나도 모르게 부모님, 조부모님들께서 어릴 적 내게 하시던 말씀이 튀어나왔다.

룰루랄라 신이 난 아들은 토마토에 설탕 한 스푼을 넣고 블렌더에 갈아 간단히 아침을 때운다. 그런 후 샤워를 하고 한껏 치장을 한다. 사내 녀석의 치장이라 해봤자 드라이를 하고 선크림을 바른 후, 향수를 살짝 뿌리는 정도지만.

늘 그렇듯이 나는 지하철 혹은 기차 출발 15분 전까지 아이를 역에 떨궈주려고 시동을 걸고 대기 중이었다.

아들이 차에 타면서 말한다.

"오늘 비가 올 것 같아서 우산을 챙겼네!"

"조금 올 것 같으면 모자 달린 바람막이를 입는 게 좋을 텐데?" 라는 나의 대답에 잠시 생각하더니, 그냥 우산을 챙기겠단다. 그러곤 역에 도착하자,

"차에 있는 우산이 좀 더 크네. 엄마, 나 큰 걸로 바꿔 갈게!"

"그러던가!"

"다녀오겠습니다!" 하면서 문을 닫는 아들의 얼굴 표정을 확인하진 못했지만, 목소리가 평소보다 1.2배는 더 부드러웠다.

"그래, 재밌게 놀다 와!"

집으로 돌아오는 길에 나는 생각했다.

'쨔식… 연애 초보자네! 우산을 작은 걸 챙겨야지….'

—

이국풍경 2008 acrylic on canson paper 113.7×147cm

—

아들이 떠났다

대학에 들어간 아이가 통학시간이 만만치 않으니 "2학기 땐 기숙사를 신청할까?" 한다. 왠지 붙을 것만 같은 예감이 들었다. 나는 속으로 빌었다. 떨어져라, 떨어져라!

"우리 집은 경기도지만 지하철이 있어서 1순위는 아니야!" 하길래 조금은 안심이 되었다. 하지만 며칠 후, 외출 중이던 아들에게서 톡이 왔다. '기숙사 붙음!'

나는 기쁨의 이모티콘을 남발하며, 쿨하게 '축하한다!' 답을 했지만 마음은 그렇지 않았다.

'엄마 나 이번 달 말에 기숙사 들어가! 필요한 것 좀 챙겨줘!'

'알았어! 필요한 것 카톡으로 보내 놔!'

'오키!'

침대 매트리스 커버, 베개 등 침구를 새로 장만하고, 세탁,

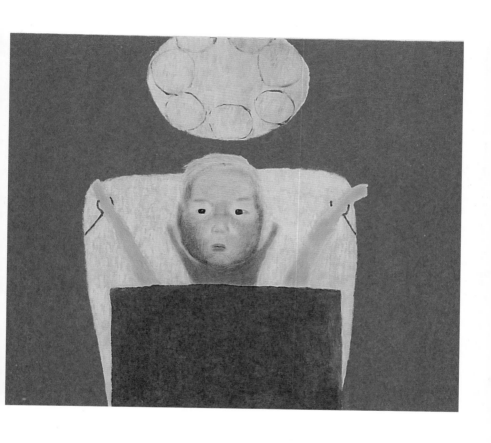

신생 1999 acrylic on canvas 61×72.7cm

세면도구 등 혼자 생활하면서 필요한 물건들을 틈틈이 사다 났다. 아들도 집을 떠나 혼자 생활하기 위한 본격적인 준비를 하기 시작했다. 태어나 처음으로 알바를 구했고, 본인 명의 계좌, 휴대폰 관련한 것들도 체크했다. 등록금, 군입대 관련한 내용들도 스스로 알아보고 처리했다. 아들은 고등학생 때 기숙사 생활(학교는 그리 멀지 않았지만 폭설로 차가 다니기 힘들어 기숙사에 들어간 적이 있었다)을 잠시 했기 때문에 집을 떠나 생활하는 게 이번이 처음은 아니다. 그런데 성인이 된 지금은 어릴 적과는 다르게 체계적으로 준비를 해 나간다.

"엄마! 내가 이런 일들을 혼자 처리해보니, 진짜 어른이 된 느낌이야."

내가 대부분의 일처리를 해주던 때를 생각하면 편하고 대견 하면서도 이젠 정말로 내가 뒤로 빠질 때가 됐구나! 하는 생각 이 들었다.

아이는 가끔 설거지도 하고 청소기도 돌리는 등 집안일에 적극적으로 참여하는 편인데, 얼마 전부터는 드럼 세탁기 사용법과 에어프라이어 사용법도 알려달라고 했다. 옆에서 지켜보면서, "우리 아들 다 컸네! 장가가도 되겠어!" 했지만, 왠지 모를 서운함이 밀려왔다. 하지만 내색하지 않았다. 우린 꽤 오래 전부터 서로에게 한 얘기가 있었기 때문이다.

"서로에게 의지하지 않기, 독립적이기!"

7남매인 아빠와 4남매인 엄마 사이에서 외아들로 태어난 녀석이 중2 때 친할머니의 장례를 치르면서 이런 이야기를 했다.

"엄마, 나는 혼자인데, 엄마 아빠 돌아가시면 어떻게 해야 돼? 7남매인 아빠도 이렇게 정신이 없고 바쁜데…."

외아들인 녀석이 할머니의 죽음을 맞이하며, 본인이 혼자임을 절실하게 느낀 모양이다. 나는 진지하게 걱정하는 아들에게 진심으로 얘기했다.

"음… 걱정하지 마! 엄마가 웬만한 건 죽기 전에 다 정리하고 갈 거니까. 엄마가 죽으면, 최대한 흔적이 남지 않는 방법으로 장례를 해주면 좋겠다. 죽고 나서는 내가 어찌할 수 없으니, 그것만 부탁해."

낮에 알바를 마친 아들을 픽업해 기숙사로 짐을 옮겨주고 아들과의 이런저런 추억을 되새겨본다. 잠시 감상에 젖었다가는 이내 정신이 번쩍 든다. 왜 이렇게 질척대? 어차피 인생은 각자 사는 거라고! 이제 품 안의 자식은 끝!

아들! 근데, 하나만 기억해! 널 많이 사랑한다!

제비
이야기

"에구구! 엄마! 제비집 밑에 뭐 시커먼 게 떨어져 있어요! 얼른 나와 보세요!"
아이가 다급하게 날 찾는다.

꽤 오래 전, 시골집 내 방 처마에 제비 한 쌍이 날아들어 분주히 집을 짓기 시작했다. 며칠 동안 부지런히 집을 짓고 신혼 살림을 시작한 듯하더니 한 녀석이 집안에서 나오질 않는다. 그러고는 얼마 후, 찍찍찍찍 아기 제비 소리가 들려왔는데, 그 아기 제비 한 마리가 바닥에 떨어져 있는 게 아닌가!
무지막지하게 쏟아지는 제비 똥 때문에 제비집 밑에 두툼한 골판지를 깔아 놓았는데, 그 위에 짙은 회색의 물체가 떨어져 있었다.
"어? 이게 뭐야? 새끼 제비 아나?"

"나도 몰라요. 지금 보니까 이게 여기 떨어져 있어요! 이게 새끼 제비예요?"

아직 눈도 못 뜨고 제대로 움직이지도 못하는 아기 제비가 골판지 위에 철푸덕 떨어져 있는 모습에 우리는 호들갑을 떨었다. 근처에 있던 남편은 목장갑을 끼고 기다란 사다리를 들고 나타났다. 다행히도 다친 데가 없는 아기 제비를 살금살금 들어올려서 다른 새끼들이 꼬물꼬물거리는 둥지에 살포시 넣어주었다.

휴우~ 우리는 새끼 제비를 무사히 집으로 돌려보내 주었다며 한껏 뿌듯해했다. 우리 가족은 일생에 한 번 있을까 말까 한 이런 특별한 경험을 한 데 대해 몇 날 며칠을 제비 이야기만 했고, 새끼 제비들이 비행 연습을 할 때면, 누가 떨어졌던 제비일까? 궁금해하며 한참을 제비들과 즐거운 시간을 보냈다.

무더운 여름을 보내고 가을이 되니, 이른 아침 창가에서 울려대던 '제비 알람'은 더 이상 울리지 않았다. 제비들이 따뜻한 나라로 떠난 것이다. 꽤나 추운 겨울을 보내고 다시 봄이 되었을 때, 두근거리는 맘으로 제비 식구를 기다렸지만 여름이 지나고 가을이 되도록 제비는 돌아오지 않았다.

허… 뭐가 문제였을까? 제비들이 사고를 당했나? 돌아오지

새싹 2010-2011 acrylic on canvas 162×227.4cm

않는 제비들이 야속하기도 했지만, 걱정이 되었다. 그렇게 한해가 지나고 또 지나고… 14년 전의 그 제비들은 그 후로도 다시는 돌아오지 않았다. 제비들아! 박씨 안 물고와도 되니까, 얼굴만이라도 보여주면 안 되겠니?

● 최근에 알게 된 사실! 시골 읍내에는 제비들이 버글버글하다고 한다. 그 얘길 듣고 제비들한테 조금 서운했지만, 아무래도 여러 종류의 새들이 살고 있는 과수원집 보다는 경쟁할 새들이 없는 시골 읍내의 상가들이 안전하다고 판단한 것 같다. 제비들이 사람을 좋아한다고는 알고 있었지만, 한적한 주택가가 아닌 사람들이 북적거리는 상가를 선택했다니, 진정 인싸 제비들이다.

컴백홈 거북이의
비밀

"거북이요? 거북이는 어떻게 키워요?"

"정원에 그냥 돌아다녀. 개처럼 묶어 놓을 수도 없고…."

미국에서 오신 지인과 각자 키우는 동물들 얘기를 하는데, 그분은 커다란 거북이를 키운다고 하셨다.

큰 거북이는 정원의 이슬, 풀 같은 걸 뜯어 먹고 여기저기 어슬렁거리다가 저녁엔 자기 집에 들어가 한참을 뒤척이다 잠을 잔다고 한다. 가끔, 대문이 열린 틈을 타 밖으로 탈출하여 어슬렁어슬렁 동네를 여기저기 돌아다니는데 생각보다 멀리까지 간다고….

아기꽃 2004 acrylic on canvas 53×45.5cm

"집으로 돌아오지 않으면 거북이를 어떻게 찾아요??"
나의 질문에 동화 같은 대답을 하신다.

"거북이를 발견한 인근 주민들이 등껍질에 큼지막하게 쓰여 있는 전화번호로 거북이의 위치를 알리는 전화를 주면, 주인은 부랴부랴 거북이를 모시러 가지."
애길 들으며 신기해 웃음이 났지만 거북이 키우는 일도 만만치 않구나 생각했다. 하지만 딱 하나! 전화번호 써 놓을 딱딱하고 널찍한 등껍질이 있는 건 좀 부러웠다.

고돌이

요즘, 집근처에 가끔 출몰하는 아기 고라니와 친구가 되는 법을 연구 중이다. 일단 사과를 잘라서 던져줘봤다. 예상대로 후다닥 도망갔다.

오늘은 꽤 가까이서 관찰하면서 말도 걸어봤는데, 순수한 눈망울과 안 어울리게 위 송곳니가 갈고리처럼 튀어나와 있어 깜짝 놀랐다. 백과사전을 찾아보니, 송곳니가 있는 녀석은 숫놈이고 그 송곳니는 짝짓기 시기에 다른 숫놈이랑 싸울 때 사용한다고 한다. 이 아기 고라니도 송곳니가 있는 걸 보니 숫놈이다. 앞으로는 '고돌이'라고 불러줘야겠다.

고라니는 전 세계적으로 멸종위기 동물인데, 우리나라에선 농작물에 피해를 주기 때문에 오히려 유해동물로 지정되어 잡아 죽이기도 한다고 한다.

같이 사는 방법은 없는 걸까….

—

고돌이 2019 acrylic on canson paper 24×32cm

—

너구리,
안녕!

뭐지? 하고 따라가보니 너구리였다. 라면 껍데기에서나 보던 너구리를 실제로 보다니! 나는 잠시 흥분했다. 그런데 이 너구리 녀석의 행동이 좀 이상했다. 어? 하면서 살펴보니 상태가 많이 나쁜 것 같았다. 녀석은 정원 구석의 풀숲에 머리를 처박고는 쌕쌕 가쁜 숨을 쉬고 있었다. 나 혼자 힘으로는 어찌할 수가 없어서 119에 도움을 요청했다.

잠시 후 출동한 소방대원께서 너구리의 상태를 보더니, 일단 포획을 하겠다고 하신다. 그럼 포획해서 치료를 해주시는 거냐? 했더니 지금 상태로 봐서는 안락사시킬 확률이 높다고 하신다.
으앙! 안락사라니….
병원에 데려가 치료를 해주실 줄 알고 도움을 요청한 거였

낮잠 2018 acrylic on canvas 45.7×53cm

는데! 나는 너무나 슬퍼서 소방대원 앞에서 울먹이고 말았다.

"이 너구리가 오죽하면 사람 사는 집까지 내려왔겠어요? 치료가 안 될 것 같으면, 데려가지 마세요. 그냥 숲으로 돌아가 자연의 순리대로 생을 마감하게 두는 게 좋을 것 같아요."

얘기를 듣더니 소방대원 분들도 그게 좋겠다고 하신다. 짝대기 같은 걸로 툭툭 풀숲을 건드리니 너구리가 엉금엉금 기어서 우리 집 뒤쪽 산으로 사라졌다.

너굴아! 그때 도움이 못돼서 미안했다! 부디 편히 쉬다가 좋은 곳으로 갔길 바라!

● 소방청은 2018년부터 인명구조와 관련 없는 동물 포획 건은 출동하지 않고 있다. 유기·유실동물 발견시 해당 지역 구청(대표전화)에 연락을 하는 것이 가장 빠른 도움을 받을 수 있는 방법이다. 119나 110 (국민콜센터)에 연락을 해도 결국 해당 지방자치단체 담당자에게 연락이 가기 때문이다. 야생동물은 각지역 '야생동물구조센터'로 연락해 도움을 요청하면 된다.

치즈는 더러운 게 아니고,
아픈 거예요

　얕은 산 가까이의 언덕 꼭대기 집에 살다 보니 사람보다는 동물들과 더 자주 마주치게 된다. 최근 자주 보이는 누런 떠돌이고양이 '치즈'는 온몸 여기저기가 꼭 기름때가 묻은 것처럼 시커매 보였다. 매번 눈 마주치기가 무섭게 도망을 다니더니, 하루는 가까이 다가온다. 기회는 요때다! 하고 급한 대로 집 안 찬장에 있던 참치 캔을 하나 따 주었다. 그랬더니 이 녀석이 집 현관 데크까지 접근해 어슬렁거리기 시작했다. 이젠 내가 믿을 만해진 건지 꽤 가까이서 얼굴도 보여주었다.

　나는 치즈의 얼굴을 보고 깜짝 놀랐다. 마치 턱이 잘려 나간 것 같은 모습에 끈적하고 투명한 침이 길게 늘어진 채 매달려 있는 게 아닌가? 좀 더 자세히 살펴보니, 온몸 여기저기가 시커멓게 오염되어 있는 모양이 혹, 불에 그슬린 건 아닌가 의심되었다.

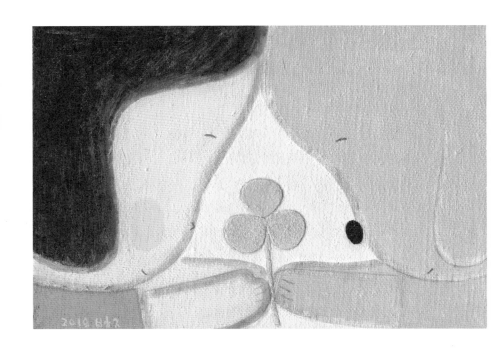

너와 함께 - 행복 2018 phosphorescent pigments, acrylic on canvas 16×23cm

마음 같아선 이 녀석을 당장 잡아, 병원에 데려가고 싶었다. 하지만 손에 잡히지도 않거니와 다급하게 굴다가는 치즈가 도망가버릴 것 같아, 일단 사료와 물을 챙겨주고 임시로 잠자리를 만들어주었다. 이 녀석이 밤새 쉬다 간 자리를 살펴보니, 사료는 먹는 둥 마는 둥 했고 방석에는 피고름 같은 것이 잔뜩 묻어 있었다. 아, 이거 화상이 심각한 것 같네! 어찌할까 고민하다가 동물병원에 들렀다. 상황 설명을 하니, 의사선생님께서는 의외의 말씀을 하셨다.

"화상이요? 혹시 구내염은 아니고요?"

"구내염이요? 그건 잘 모르겠어요. 끈적한 침을 질질 매달고 다니긴 했는데⋯."

구내염과 화상 치료를 위한 먹는 약을 받아들고 집으로 돌아와 '고양이 구내염'을 검색해보니, 치즈와 같이 더럽고 침을 흘리는 고양이들 사진이 가득하다. 고양이 구내염은 대표적인 고양이 치주질환이고 심할 경우 치아를 다 뽑아버리는 등의 방법으로 치료가 가능하다고 한다. 구내염에 걸린 고양이는 침을 질질 흘리고 다니며 제대로 먹지도 못하는데, 그루밍도 할 수 없게 되어 자연스럽게 몸이 더러워진다고. 사람들은 그 아픈 고양이를 단지 더러운 고양이로 오해를 한다고 한다. 나도 그랬으니까⋯. 네루가 내게 온 지 몇 년이 되었지만, 고양이들에게 이런 병이 있는지도 처음 알게 되어 다소 충격적이었다. 그렇잖아도 건식사료는 잘 먹지 않아 좀 이상하다 생각했는데 먹지 않은 게 아니라 먹지 못한 거였다. 그래서 습식사료에 약을 가루 내어 뿌려주니 3일 아침 저녁으로 먹고 간다. 그러고 나서는 자고 간 방석에 피고름 같은 게 거의 묻어나지 않았다. 정말 불행 중 다행이다!

그나저나 약이 아직 4일치나 더 남았는데 요 며칠 오지 않으니 걱정이 된다. 더 친해지면 이 녀석을 데리고 병원에도 가볼 생각이다.

치즈야! 우리 집 앞마당에 오게 된 걸 환영해! 약 잘 먹고 얼른 건강해지자!!

아기 새

야트막한 산과 이어져 있는 우리 집은 거실 블라인드만 쏙 올리면 그야말로 온통 초록이다. 온통 초록이라는 건 나무와 풀이 우거지고 야생동물들도 어울려 살고 있다는 얘기다. 그중 아침이면 날 깨우는 부지런한 '새'들. 집근처에서 지저귀는 새들만 해도 그 종류가 꽤 다양하다.

목마른 새들을 위해 물이 담긴 그릇을 정원 여기저기 놔두고, 겨울철 먹이를 챙겨주는 '버드피딩(Bird feeding)'은 전원생활에서의 작은 기쁨 중 하나이다. 하지만 외출고양이랑 살다 보니, 자칫하면 고양이에게 새들을 유인해주는 결과가 될 수 있기에, 위치 선정 등에 신중을 기해야 한다. 새들을 위해 하는 건 상위 포식자인 고양이뿐만이 아니다. 인간이 만들어 놓은 건물의 '유리창'은 그야말로 숨 안 쉬는 '천적'이라고 할 수 있겠다.

Hug 2009 acrylic on canvas 72.7×61cm

얼마 전, 내게도 우려했던 일이 일어났다.

오전 운동을 다녀온 후, 거실 유리문의 블라인드를 걷고 점심을 먹으려고 하는 순간, 쿵! 너무 큰 소리가 나서 뭐지? 하면서 후다닥 현관으로 나가 보았다.

거실 유리문 앞 데크에는 연두빛의 꽤 커다란 새가 한 마리 떨어져 있다.

엇!;;;

떨어진 새를 조심스럽게 만져보았다. 눈알이 빨갛게 충혈되어 있고 목을 가누지 못한다. 안타깝게도 죽은 듯했다. 몇 년 전에도 비슷한 일이 있었는데, 그때는 작은 박새였고, 잠시 안아주고 있으니 정신이 돌아와 산으로 날아갔었다. 그러나 이 새는 덩치가 큰 편이라 충격도 그만큼 커서 그랬는지 그 자리에서 즉사를 해버렸다. 부딪친 거실 유리문을 자세히 살펴보니 솜털이 여러 개 붙어 있다.

에휴… 속상해…

너무 속상해서 밥도 넘어가지 않았다. 평소 블라인드를 내려놓고 생활하는 편인데, 오랜만에 햇살이 좋길래 블라인드를 올려놓고 채 5분이 지나지 않아서 이런 대참사가 일어난 것이다. 진짜로 시간을 몇 분 전으로 되돌리고 싶은 마음이 간절했다. 눈도 못 감고, 몸은 아직 따뜻하다. 보드라운 수건을 깔고 그 위에 눕혀 놓았다. 그리니쉬옐로우의 부드러운 깃털들. 이 아름다운 연두빛의 새는 이름이 뭘까? 남편이 새를 보더니, 새끼 꾀꼬리라고 한다. 우리 집에서 조금 떨어진 커다란 나무 근처에서 꾀꼬리 가족들을 본 적이 있다고. 덩치가 있어서 당연히 성조인줄 알았는데 비행연습을 하던 아기 새였던 것이다.

아기 꾀꼬리야! 너의 목소리도 들어보지 못하고 널 하늘나라로 보내게 되어 너무 슬프다. 하늘나라에서는 어여쁜 목소리로 노래 많이 부르길….

● 유리창에 5cm 간격으로 점을 찍어두거나 스티커를 붙이면 #조류유리창충돌 방지에 큰 효과를 볼 수 있다고 한다.

위니

오랜만에 '뜬 장' 앞을 지나는데, 그 안에 항상 힘없이 누워 있던 '위니'가 보이지 않았다. 최근엔 새로 난 길로 다니느라 위니를 매일 보진 못했지만, 그저께까지도 위니가 있었는데….

위니는 우리 동네 입구 뜬 장에서 살고 있던 골든 레트리버 이름이다. 내가 이곳에 이사 올 때부터 위니가 그 곳에 있었으니, 적어도 4년 넘게 갇혀 지내고 있는 것이다. 나는 위니가 뜬 장에 갇혀 생활하는 걸 오랫동안 지켜봤지만, 결국 위니를 뜬 장 밖으로 나오게 해주진 못했다.

이사를 오고 나서 꽤 오랜 시간이 지나고 위니의 존재를 알게 되었다. 위니는 동네 길가에 허름하게 세워진 똥무더기 뜬 장 안에 살고 있었는데, 항상 힘없이 엎드려 있어서, 그 길을 승용차로 지나다니는 나는 위니를 미처 발견하지 못했던 것이다.

어느 날 우연히 위니를 발견하고는 속이 상했다. 저 덩치 크고 활달한 개를 뜬 장 안에 가둬 두다니… 이걸 어디에 신고를 해야 하나? 머리가 복잡했다. 동물을 물건으로 취급하는 우리나라에선 학대받는 개들도 견주한테서 떼어놓으려면 갯값을 물어주고 개를 사 와야 하니… 내 상식으로는 너무 이해가 되지 않아 위니의 주인을 한번 만나보기로 마음먹었다.

나는 며칠에 걸쳐 우리 집 강아지 한 마리를 데리고 위니가 사는 곳 근처까지 산책을 나갔다. 며칠이나 허탕을 치고 또 위니네 집 근처로 산책을 갔는데, 마침 어떤 아주머니가 계셨다.

"안녕하세요, 아주머니! 혹시 이 개 주인이세요?"

"네, 근데 왜요?"

"이 개를 바닥에서 키우시면 안 되나요? 뜬 장 안에서 너무 오래 있어서 불쌍해 보여서요."

"얘는 바닥에 내려놓으면 불안해해요. 바로 또 올라가요."

"발바닥도 아프고 힘들 것 같은데요…."

"근데 얘는 이 위에 있는 걸 좋아한다니까요. 애 아빠가 큰 개들을 너무 좋아해서 큰 개가 저기 비닐하우스에도 몇 마리나 있어요!!"

견주와 몇 마디 해보니, 이건 말 몇 마디로 내가 어쩔 수 있는 일이 아니란 걸 바로 알아차렸다. 대화는 하고 있었지만 서로 다른 세상의 얘기를 주고받는 느낌이었다.

"아, 네… 그래도 바닥에서 키우시면 훨씬 좋을 텐데요."

"……."

"근데, 이 개 이름이 뭐예요?"

"위니, 위니예요!"

아주머니는 자기네 개를 간섭하는 게 귀찮다는 듯, 시큰둥 저 멀리 걸음을 재촉했다. 견주와의 첫 만남에 개 이름이라도 알아낸 걸 기뻐해야 하나? 어찌되었건 아예 모르는 척하는 것보단 낫겠지? 스스로를 위로하며 나도 발길을 돌렸다. 그 이후로도 몇 차례나 위니 주변까지 산책을 가고 주변을 살펴봤지만, 환경이 전혀 개선되지 않았다. 아마 그 이후 단 한 번도 위니는 뜬 장을 나오진 못한 것 같다. 운전하며 위니를 지나칠 때면 가끔은 속도를 늦춰 이름을 불러보기도 했다.

제 이름을 부르는 게 낯선 건지 반가운 건지 나를 보고 멍멍 짖는다. 나는 위니를 볼 때마다 머릿속이 복잡했다. 위니의 주인한테 다시 찾아가, "위니를 제게 넘기세요" 하고 위니를 구출해올까? 하지만 우리 집에도 개가 5마리에다가 고양이까지… 현실적으로 그러긴 힘든 상황이다. 내가 하는 일이라곤

—

먼저 건넨 손 2019 acrylic on canvas 24×33.5cm

—

위니네 집을 지나칠 때면 맘속으로 기도를 하는 것이 고작이었다.

'위니의 주인이 위니를 불쌍히 여겨 오물로 가득한 뜬 장에서 꺼내주시길… 위니를 가족으로 생각하고 추울 때 더울 때 위니가 고통 받지 않도록 보살펴주기를… 위니에게 먹다 남은 음식 쓰레기 말고 먹을 만한 제대로 된 음식을 주기를…' 위니를 지나칠 때마다 마음속으로 빌었지만 결국 아무런 소용이 없었나 보다. 혹시나 위니가 산책을 간 건 아닐까? 아니, 아파서 병원에 갔을지도… 아니, 그럴 리는 없을 것 같다. 산책을 시키고 병원엘 데려갈 견주였으면 절대 뜬 장에 가둬두지 않았을 테니까! 만에 하나, 누군가 구출을 해갔을지도… 그렇다면 더없이 좋겠는데….

위니가 뜬 장에서 나오길 간절히 바랐지만, 갑자기 안 보이니 너무 슬프다. 위니 생각에 눈물이 흐른다. 위니! 네가 부디 좋은 곳으로 갔길 바랄게!

2019 모처럼 맑은 하늘의 봄날

기억할게!
독도 강치야!

독도 강치가 멸종된 이야기를 알게 되었을 때 너무나 슬펐다. 잔인한 인간의 욕심 때문에 죽어간 독도 강치들….

누구의 잘못이랄 것도 없이 '인간'의 잘못이라고 생각한다.

BLUE GRAY - 기억할께! 독도강치야! 2017
acrylic on canvas 60.5×72.8cm

상 상 다 반 사

—

항다반사 2006 acrylic on canvas 24×33.3cm

—

소소하게
확실하게
행복하게

스르륵 커튼을 젖혀 오늘의 하늘 내다보기.

한 모금의 물과 몇 스푼의 커피가루로 보글보글 모카포트에 에스프레소 만들어 먹기.

햇살 좋은 날, 마당에 널어놓은 빨래들이 머금은 햇빛냄새 맡아보기.

멍멍이들과 산책하다 커다란 나무 밑 그늘에서 잠시 쉬기.

서로 마음이 통하는 사람들과, 나만 바라보는 내 주변의 동물들.

언제든 그림을 그릴 수 있는 작업실.

몸과 마음이 지칠 때 편히 쉴 수 있는 나만의 공간.

남들에겐 보잘것없어도 내 맘에 들고 편한 것들.

이것이 바로 나의 소확행.

햇빛
냄새

눈부신

햇빛에

빨래를

말리면

고소한

냄새가

납니다

● 근래에는 미세먼지로 인해
마당에 빨래를 널지 못한다. ㅠㅠ

낮잠 2015 acrylic on canvas 25.9×18.5cm

솜

약국에 가서 오랜만에 솜을 달라고 했다. 그러자 약사님이 주신 건 네모난 작은 종이상자.

"어, 하얀 비닐에 든 구름같이 생긴 솜이요! 이게 솜이에요?"

"네, 요즘 솜은 이렇게 나와요!"

약사님이 그렇다니 그런 줄 알고 네모난 작은 종이상자를 받아 집으로 돌아와 상자를 열어보니,

'엇! 화장솜! 화장솜 모양이네!'

이런 네모 혹은 동그랗게 압축된 솜은 액체류의 화장품을 바를 때나 사용했지… 하긴, 소독약도 물이니까… 그렇다고는 해도 뭔가 아쉬움이 남았다. 그러니까, 약국에서 팔던 폭신폭신한 약솜과 두리뭉실 뭉게구름, 달콤한 솜사탕을 같은 부류로 분류했던 나로서는 적지 않은 아쉬움이 느껴졌다. 마치, 귀여운 아기가 행복하게 받아든 솜사탕을 개구쟁이 오빠가 납작하게 눌러버린 느낌? 네모난 압축 솜의 그런 낯섦과 당황스러움은 한동안 이 네모난 종이상자를 열 때마다 느껴질 것 같다.

내 개와 나 2015 acrylic on canvas 90.9×65.1cm

언덕 위의
눈

내릴 땐 반가운 눈
쌓이면 아름다운 눈
치울 땐 징그러운 눈
얼면 꼴도 보기 싫은 눈
그래도, 또 기다려지는 눈

눈오는 날 2016 acrylic on canvas 15.9×22.8cm

두근두근
유럽동화여행을
떠나다!

최근엔 돌보는 동물들이 늘어나면서 장기 여행이 힘들어졌지만, 그러기 전에는 여러 날 멀리 다녀온 여행이 종종 있었다. 그중 아이가 초등 1학년 때 다녀온 '유럽동화여행'은 지금까지의 수많은 여행 중 역대급 프로젝트였다. 사전 '기획'에도 공을 많이 들였고, '기간'도 가장 길었으며 '경비'도 최고로 들었다. 그런데 문제는 현재 대학생인 아이는 너무 어릴 적 다녀온 여행이라 기억이 가물가물하다고 한다. 그래서 이번 기회에 '활자'로 박아놔야겠다고 생각했다. (맞습니다. 본전 생각이 나서 입니다!)

오래 전, 독일 함부르크에 계시는 노은님 선생님을 만나러 가야 할 일이 있었다. 그래서 겸사겸사 이참에 가족과 함께 유럽여행을 하기로 마음먹었다. 대학 때 멋모르고 다녀온 유럽

배낭여행과는 또 다른, 이번엔 남편과 아이도 함께하는 가족 여행이다. 아이도 좋고, 우리 부부도 좋고, 뭐 그런 게 없을까? 독일 여행 책자를 뒤적거리다, 여행 편의를 위한 여러 가도들 중 '메르헨 가도(동화 가도)'가 눈에 확! 띈다. 어? 이건 뭐지? 오! 이거 좋겠는데!? 며칠 동안 머리를 싸매고 효율적인 여행 루트를 궁리하던 중, 막내 형님께 이 사실이 알려졌다. '어린이 체험학습 장인'이신 우리 막내 형님께서 한마디 하신다!

"동화여행? 이런 건 우리랑 같이 가야 해!"

막내 형님네는 우리 희구와 동갑내기인 한결, 동생 조은이, 아주버님까지 총 네 식구다. 그러니까, 우리 집 식구와 형님네 식구 총 7명이 여행을 가게 되는 것이다.

"두 집이 여행을 가면 싸운다면서?"

대뜸 막내 형님께서 내게 한마디 던지신다.

"그럼 그때부터 따로 다니면 되죠 뭐!"

나는 얼떨결에 받아쳤다.

이렇게 두 가족의 전무후무한 '유럽동화여행'이 시작되었다. 그런데 구체적으로 계획을 짜보니 이동경비 예산이 무지하게 많이 나왔고, 아이를 셋이나 동반한 기차여행은 아무래도 무리였다. 처음 준비는 호텔팩 상품을 중심으로 한 기차 여행이었지만, 최종적으로는 렌터카를 이용한 호텔과 캠핑 여행으로 바뀌었다.

Play in the garden 2006 acrylic on canvas 130×194cm

프랑크푸르트에서 브레멘으로 이어지는, 그림형제가 동화를 수집했다는 메르헨 가도를 거쳐 함부르크에 들러 볼일을 보고, 덴마크로 가서 '레고랜드'와 '안데르센'의 발자취를 따라가본 후, 친구(유럽 배낭여행을 같이 갔던 그 친구!)가 살고 있는 독일 베를린을 마지막 코스로 계획을 세웠다. 그리고 애초의 계획에는 없었지만 체코의 프라하도 잠시 들렀다.

　　아이들에겐 그림형제와 안데르센의 동화를 다시 읽게 했고, 어른들은 각각의 완역본을 구해 어른을 위한 동화를 읽었다. 아이들은 자신들이 읽었던 동화의 주인공들을 만날 수 있다는 기대에 부풀어 있었다. 나름의 준비를 마친 우리 일행은 2006년 한여름! 동화 속의 주인공들을 찾아 유럽이라는 낯선 땅으로 23일간의 여행을 떠나게 되었다. 두둥~

● 이어지는 글 네 편은 14년 전에 써 놓은 케케묵은 '유럽 동화여행기' 중 일부를 손본 것이다. 그래서 글 속의 현지 사정이 2020년인 현재와는 조금 다를 수도 있음을 미리 밝힌다. 아! 그리고 두 가족은 끝까지 헤어지지 않고 사이좋게 여행을 잘 마쳤다!

0937의 추억
: 레고랜드로 레고레고

    독일 '메르헨 가도' 여행과 함부르크에서의 볼 일을 마친 후, 우리 일행은 계속 북쪽으로 올라갔다. 레고와 안데르센의 나라 덴마크에 가기 위해서다. 국경을 넘을 생각을 하니 좀 떨리기도 하고 뭔가 기대가 되었다. 그런데 웬걸. 우리나라 톨게이트처럼 생긴 곳에 유럽연합 깃발과 양쪽 나라의 국기만 펄럭일 뿐, 보초병 하나 없었다. 한마디로 싱거웠다. 이곳의 국경선을 넘는 건 마치 우리나라의 도계(道界)를 넘는 느낌이었다. 우리의 목적지 '레고랜드'는 윌란 반도에 위치한 빌룬 (Billund 빌룬트)이라는 마을에 있었다.

    오래 전 빌룬은 굉장히 황량하고 작은 시골 마을이었다. 이곳은 레고를 최초로 만든 올레 키르그 크리스티안센(Ole Kirk Kristiansen, 1891~1958)이라는 목수의 고향이기도 하다. 그는 처음에 나무 장난감을 만들다가 아이들을 위한 견고하고 안전한 장난감을 개발하게 되었는데, 장난감을 만들기 시작한 1932년은 미국 대공황 시기와 겹친다. 일거리가 줄자 장난감을 만들기 시작한 것이다. 레고는 "재미있게 놀아라" 라는 덴마크의 말 'LEG GODT'의 줄임말인데 창립자 올레 본인이 지은 이름이다. 작명 당시 의도한 것은 아니지만 라틴어로 '나는 모은다' '나는 읽는다' '나는 조립한다' 라는 의미도 갖고 있다고 한다. 여담으로 그는 회사이름 공모를 위해 적포도주 한 병을 내걸었는데, 그리 맛있는 포도주가 아니어서 였는지 누구도 공모에 참여하지 않았고, 결국 그 포도주는 자신의 차지가 되었다는 웃픈 사연이 있다!

덴마크로 들어선 후, 첫 번째 주유소에서 주유를 하고 지도를 구입했다. 그 지도를 따라 세계 최초의 '레고랜드'를 찾아갔다. 와! 진짜 온통 레고 뿐이다. 모든 것들이 레고 조각으로 만들어져 있다. 곳곳의 놀이기구들 또한 알록달록 원색의 레고들로 만들어져 있다. 누가 조립했을까? 정말 입이 딱 벌어진다.

희구가 걸음마 전부터 가지고 놀던 '레고.' 어린 시절의 희구에게 레고는 친구나 마찬가지였다. 지금도 그때 가지고 놀던 레고들이 다락방 한쪽에 커다란 박스로 두 상자나 보관되어 있다. 당시, 동네에 또래 친구가 없어서 집에서 혼자 레고를 조물락거리며 놀던 날들이 꽤 있었다. 아이가 항상 "레고가 더 많았으면 좋겠다!"라고 했던 기억이 난다. 이곳은 그 꿈을 잠시나마 이룰 수 있게 해주었다.

놀이기구들은 대체적으로 자극적이지 않은 정말 어린이 전용 놀이기구들이다. 입장료에 놀이기구를 탈 수 있는 비용까지 모두 포함되어 있어서 맘에 드는 놀이기구에 가서 줄을 서서 타면 되었다. 그런데 몇몇 놀이기구는 130cm 이하의 어린이들을 입장시키지 않았다. 레고 블록을 조립해서 만든 커다란 T자 모양의 자로 키를 재는 직원의 얼굴 표정은 대충 넘어갈 것처럼 웃고 있었지만, 기준 이하의 어린이들은 절대 입장시키지 않았다. 그래서 몇몇 놀이기구를 타지 못한 막내 조은이는 무지 심술이 났었다.

　우리는 다음 놀이기구를 타기 위해 줄을 섰다. 주변의 경치들을 관람하며 꽤 긴 수로를 지나는 보트인데 핸들만 잡고 있으면 천천히 앞으로 움직인다. 아이들은 물위를 둥둥 떠다니는 보트가 너무 재미있는지 입이 귀에 걸렸다. 초등학교 1학년생인 한결과 희구는 레고를 알고 있었지만, 5살 조은이는 그때까지만 해도 레고가 무엇인지도 모른 채 덩달아 신이 나 있었다. 수로를 한 바퀴 돌고 내릴 때가 되자, 막내 조은이가 한마디 한다.

　"엄마! 영구삼칠 담에 또 오자!"

　"응? 0937?"

형님과 우리들은 이게 무슨 소리인가 했다. 순간 가족들은 모두 조은이에게 집중했고, 조은이의 조그만 손가락은 보트 손잡이의 '뒤집혀진 레고 마크'를 가리키고 있었다. LEGO를 뒤집어놓으니 이런! 정말로 0937이다!! 레고의 L자도 몰랐던 우리 막내 조은이는 마음속에 '영구삼칠'에서의 알록달록한 아름다운 추억을 만들고 있었던 것이다.

● 깜짝 퀴즈: 레고*와 레고랜드** 각각의 천적은?

   정답 : p.30 *, p.37 **

● 레고 일화와 퀴즈는 《레고 스토리》(마그렛 울레 지음, 미래의 창, 2000)에서 참고 인용함.

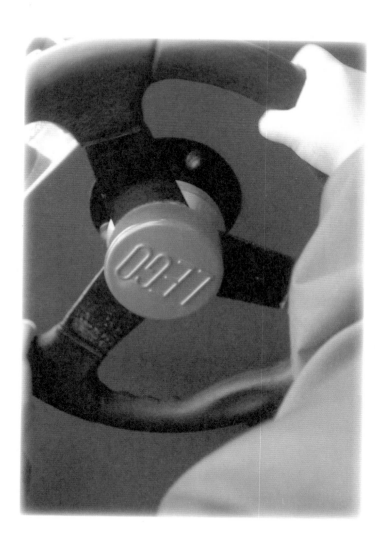

안데르센과
인어공주

책을 읽던 아이가 물거품이 되어버린 인어공주를 상상하며 울음을 터트린 적이 있었다. 세상에! 그렇게 순수한 때가 있었다니···. 동화 《인어공주》는 물거품 버전 새드엔딩이 가장 많이 알려져 있다. 그런데 원작의 결말은 인어공주가 비록 왕자의 사랑을 얻지는 못하지만 불멸의 영혼을 얻어 하늘로 승천한다는 해피엔딩이다.

안데르센(Hans Christian Andersen, 1805~1875)은 "어린이들은 이야기의 표면만을 이해하지만, 성숙한 어른이 되어서야 온전히 나의 작품을 이해할 수 있게 된다"라고 말한다. 그의 동화는 어린이를 위한 것일 뿐만 아니라 어른을 위한 것이기도 하다. 그는 시, 소설, 기행문과 희곡 등 다양한 장르에서 활동했는데, 굳이 자신이 '아동문학가'로 낙인찍히는 걸 싫어했다고. 그의 말년에는 아이들과 함께 어울려 있는 모습의 동상을 제작하려고 했지만 거부했다는 일화도 있다. 그래서 안데르센의 동상은 모두 혼자 있는 모습으로 만들어지게 되었다고 한다. 작가의 마음이 이해가 되면서도, 한편 자세한 내막을 모르는 어린이 팬들이 이 얘길 듣는다면 서운할 듯하다.

안데르센은 14세 때 연기자가 되기 위해 덴마크의 수도 코펜하겐으로 갔다는데 그래서인지 니하운 항구 근처에서도 안데르센의 흔적들을 찾아볼 수 있었다. 우리는 인어공주 동상이 있다는 런게리니(Langeline) 거리를 따라 이어져 있는 해변가로 갔다. 곳곳에 인어공주의 동상(Den Lille Havfrue)이 있는 곳이라는 표지판이 있어서 찾는 데 그리 힘들지 않았다. 유럽의 3대 썰렁이라고 해서, 과연 어떨까 궁금했는데 실제로와 보니 그리 나쁘지 않았다.

인어공주 동상은 1913년 조각가 에드바르트 에릭슨(Edvard Eriksen)에 의해 만들어졌다. 모델은 국립극장의 매우 아름다운 프리마돈나였는데 그녀는 후에 조각가의 아내가 되었다고 한다. 지금이 2020년이니까, 동상 인어공주의 나이가 106세나 되었다. 그동안 머리가 떨어져나가고, 팔도 잘리는 수모를 겪었다지만 우리가 갔을 때는 모두 복원되어 있었다.

　80cm에 불과한 가냘픈 인어공주를 괴롭히는 사람들은 어떤 사람들일까? 어딜 가나 몰지각한 인간들은 있게 마련인가 보다.

　쓸쓸하게 물거품이 되어버린 동화 속 인어공주 이야기 때문인지 홀로 고독을 질겅질겅 씹고 있을 인어공주를 상상했는데, 동상 주변의 많은 관광객들 때문에 그랬을까? 넓은 바다를 배경으로 하여 관광객을 맞이하는 인어공주는 즐거워 보이기까지 했다. 그러나 바닷가 돌무더기 해변에 사람도 없이 저 동상만 덩그러니 있었다면 또 다른 느낌이었겠지?

인어공주 동상을 가만히 바라보고 있자니, 어느 미술서적에서 인상 깊게 본 르네 마그리트*의 그림 〈공동의 발명〉**이 떠올랐다. 머리는 물고기고 다리는 사람인 모습. 안데르센 동화 속의 인어공주가 바다에서 육지로 가고 싶어 했다면, 머리가 물고기인 이 분은 육지에서 바다로 가고 싶어 한 걸까? 상반된 상황을 맞물리게 조합하여 보는 이로 하여금 상상의 나래를 펼치게 하는 초현실주의 작가 마그리트의 이 의미심장한 그림은 어떤 사연을 가지고 있는 걸까? 인어공주만큼이나 애절한 사연이 있을 듯하다.

* 르네 마그리트 (Rene Magritte, 1898~1967) : 벨기에의 초현실주의 화가
** 르네 마그리트 作 〈공동의 발명 L'Invention Collective〉 1934 oil on canvas
 73.5×97.5cm
- 안데르센 일화는 《안데르센 평전》 (재키 울슐라거 저, 전선화 역, 미래M&B, 2006)
에서 참고 인용함.

Fyrtøjet
: 오덴세 어린이 문화센터

　한참을 달려 '오덴세(Odense)'에 도착했다. 안데르센이 태어난 오덴세는 덴마크의 핀(Fyn) 섬에 위치해 있는 작은 마을이다. 지금 생각하면 이번 여행을 통틀어 가장 아름다운 곳이 아니었나 생각된다. 아직까지도 안데르센 공원의 주황빛 담벼락과 초록 풀밭들이 눈에 아른거린다. 오덴세는 그야말로 안데르센으로 꽉 차 있었다. 안데르센이 즐겨 만들던 '종이 오리기' 작업을 커다랗게 철판으로 만들어 곳곳에 이정표처럼 세워 놓은 것이 무척이나 인상적이었다. 인도 곳곳에도 손바닥만 한 크기의 안데르센 상징물들이 새겨져 있고, 그것들을 따라가다 보면 시내를 한 바퀴 돌아 안데르센 관련 기념물들을 둘러볼 수 있도록 해 놓았다. 곳곳마다 세워져 있는 안데르센 동상과 동화 속 주인공들의 동상들 또한 소소한 볼거리를 제공한다.

안데르센 유년 시절의 집 등을 둘러보고는 마지막 코스로 안데르센 박물관과 어린이 체험 공간 'Fyrtøjet'로 갔다. (덴마크 사전을 찾아보니 발음은 '퓌르토얼' 쯤으로 들린다) 입구를 통과하자 여러 가지 변장을 할 수 있는 옷가지들과 왕관 소품 등이 있었고, 희구와 한결이는 각각 맘에 드는 옷을 골라 입었다. 옷을 입고, 왕관을 하나씩 쓰고, 희구는 멋진 칼도 하나 들고 다음 순서로 갔다.

금발머리의 여직원이 작은 손가방을 하나씩을 나눠주며 뭐
라고뭐라고 설명한다. 예스 예스하면서 일단 가방을 받아들
었다. 그 다음엔, 여러 어린이들의 분장한 모습이 담긴 사진첩
을 보여주면서 원하는 스타일을 고르라고 한다. 한결이는 공
주를 선택했고, 희구는 사진들이 맘에 안 든다며 분장을 하지
않겠다고 했다. 그런데, 한결이가 분장하는 것을 보더니 재미
있어 보였던지 눈썹만 그리겠다고 한다. 나의 짧은 영어로 수
염은 그리지 않겠다고 말했고, 스텝은 알아들었다는 것 같더

니만… 이게 웬일인가? 눈 깜짝할 사이 숯검댕이 짱구 눈썹과 함께 꼬부랑 수염도 그려놓았다. 나는 순간적으로 흠칫 놀랐다. 아이가 날 원망하지 않을까 했지만, 다행히도 희구는 별 불만이 없는 것 같아 보였다.

분장을 마친 아이들과 함께 어두컴컴한 곳으로 들어가니, 아까, 여직원이 가방을 주면서 뭘 설명했는지 알 것 같았다.

뮤지컬 세트 같은 공간에 들어서니 안데르센 동화의 여러 장면들을 재현해놓은 설치물들이 있었다. 그걸 지나다니다 보면, 여기저기 빨간 하트에 번호가 써 있고, 작은 가방에 들어 있는 설명서와 물체들을 이용해 미션을 수행하면 된다. 아이들의 눈은 반짝반짝 빛나고 있었고, 잘 모르는 문제 앞에선 둘이 머리를 맞대고 의논을 하기도 했다. 자신들이 알고 있는 동화가 나오면 더 신나게 동화에 대하여 이야기했다. 작은 문을 통과하면 또 새로운 공간이 나오고, 그 문을 빠져나가면 2층으로 연결되어 있고… 쫓아다니는 내가 탈진할 지경이었지만 물 한 모금 달라는 이야기도 없이 씩씩하게 문제를 풀어나갔다. 퀴즈를 거의 다 푼 듯한데, 아무리 찾아봐도 1번 성냥팔이 소녀가 보이지 않았다. 아이들은 왔다갔다 하면서 샅샅이 찾아보았지만, 도저히 찾지 못했다. 그러는 동안 시간이 꽤 흘렀고, 아이들은 슬슬 체력이 방전되려고 하고 있었다.

지쳐버린 아이들이 아쉬움을 뒤로하고 옷과 가방을 반납 후 밖으로 나가기로 했다. 그런데 아참! 지하! 지하에 있을지 모른다는 생각에 출구 쪽에 있는 지하로 후다닥 내려가 보았다. 역시나, 지하 화장실 옆쪽에 성냥팔이 소녀가 쭈그리고 앉아 있었다. 반가운 마음에 동전을 손에 쥐어주려고 했지만 1센트가 들어 있던 가방을 반납한 상태라 그냥 바라만 보았다. 성냥팔이 소녀를 만나 흥분한 마음을 가라앉히고 동상을 살펴보다가 아이들과 나는 빙그레 미소 지었다. 그 소녀는 생뚱맞게도 한 손엔 성냥을 다른 한 손엔 휴대폰을 들고 있는 게 아닌가? 우리는 그렇게 애타게 찾던 성냥팔이 소녀랑 헤어지기 아쉬워 번호를 알려달라고 했지만, 소녀는 다소곳이 고개를 숙인 채 묵묵부답이었다!

● 'Fyrtøjet' 라는 덴마크 단어는 영어로는 'The tinderbox', 한국말은 '부싯깃 상자' 혹은 '부싯깃 통'으로 번역되는, 안데르센이 지은 첫 번째 동화 제목이다. 이 동화를 읽고 나면 아이들의 옷이 왜 왕과 왕비(혹은 병정과 공주)였는지 그리고 그 조그만 상자는 무엇을 의미하는지 알게 된다.

공짜 맥주를 마시러!
: 칼스버그 양조장

햇살이 뜨거운 시간, 우리는 코펜하겐에 도착했다. 우선, 캠핑장을 찾으려고 시내를 헤매고 있는데, 거대한 맥주병이 떡하니 서 있다. 아, 덴마크의 맥주, 칼스버스와 투버그! 우리나라에서도 친숙한 칼스버그 맥주의 고향을 찾아온 것이다. 아이들과 함께 진정한 가족여행을 해보겠다고 동화여행을 시작했지만, 솔직히 시원한 맥주도 좀 마셔줘야 가족 모두를 위한 여행이 아니겠는가?! 여행안내서를 보니 칼스버그 양조장 (Carlsberg Brewery) 견학을 마치면, 공짜로 맥주를 마실 수 있다고 소개되어 있다. 그 정보에 솔깃하여, 우리 일행은 지친 몸을 시원한 맥주 한잔으로 풀어보기로 했다.

드디어 저 멀리 칼스버그라고 쓰여 있는 빌딩이 보인다. 와! 바로 저기다. 인근에 주차를 해놓고, 목적지를 향해 걷기 시작했다. 그런데 걷다 보니 이상했다. 칼스버그 양조장을 표시하는 안내판이 곳곳에 있어서 그걸 따라가다 보니, 세상에 그 넓은 양조장 단지를 한 바퀴 돌아가고 있었다. 그러니까 오른쪽으로 세 걸음, 앞으로 두 걸음, 왼쪽으로 세 걸음, 뒤로 한 걸음! 그냥 앞으로 한 걸음 갔으면 훨씬 가까웠을 것을….

가파른 고갯길에 지쳐갈 때쯤, 느닷없이 나타난 커다란 코끼리 조각상에 아이들이 갑자기 힘이 솟는다. 거대한 코끼리의 모습이 신기한지 이리저리 만져보고 난리다. 아이들은 아이들이다. 조금 힘들면 힘들다고 징징거리다가도, 조금만 재미있으면 깔깔대느라 정신이 없다. 아이들이 커다란 코끼리에 신이 난 사이 잠깐의 휴식을 취한 후 다시 길을 따라 올라가기 시작했다. 그런데 코끼리를 지나니 또 오르막길이 보인다. 이젠 돌아갈 수도 없고… 난감하다. 영차영차 온 식구가 힘을 내어 계속 걸었다!

여기서 잠깐! '칼스버그(Carlsberg)'라는 이름은 왕실 양조장의 아들이었던 칼스버스 창업자 야코브 크리스티안 야콥센(J. C. Jacobsen, 1811~1887)의 아들인 카를 야콥센(Carl Jacobsen, 1842~1914)의 이름에서 '카를 Carl'을 따고, 공장이 위치한 '언덕 Berg'을 붙여 만든 것이라고 한다. 브랜드명의 유래를 알고 나니 앞으로 칼스버그를 마실 때마다 우리가 힘들게 오르던 그 언덕길이 떠오를 것만 같다!

창업자 야코브는 완벽에 가까운 제조공정을 다른 양조장과 공유하며 "당장의 이익을 따지기보다는 제조과정 개발을 궁극의 목적으로 여겨야 한다"고 강조했다. 덴마크의 양조업계를 영예로운 수준으로 이끈 칼스버그는 1904년 덴마크 왕실의 공식 맥주로 선정된다.

하나 더! 안데르센을 좋아하던 카를은 인어공주 동상을 바닷가에 설치하자는 의견을 내었고, 1913년 당시 조각가 에드바르트 에릭슨에게 의뢰하여 동상을 제작한 후, 시에 기증한 것이라고 한다. 그리고 이곳 정원 뒤쪽에 있는 또 하나의 인어공주 동상은 바닷가에 있는 동상의 원형이다. 신 칼스버그 양조장 정문의 코끼리 상(Elephants Gate to the New Carlsberg Brewery, 1901) 또한 카를의 기획에 의해 제작되었다. 이렇듯 예술, 문화에 관심이 많았던 카를은 과학의 발전에 힘을 쏟았던 아버지 야코브와 불화가 심했다고 한다. 아버지의 구 칼스버그 재단과 아들의 신 칼스버그 재단이 재판을 할 정도로 사이가 좋지 않았으나, 나중에는 가족들의 중재로 화해를 하고 1906년 하나의 재단으로 통합하게 되었다.

드디어 우리의 목적지인 칼스버그 양조장을 견학할 수 있는

곳이 나왔다. 그곳은 정확히 말하면 칼스버그 양조장의 홍보관이다. 건물 안으로 입장하니 널찍한 바에 온 느낌이다. 티켓을 끊고 안내도면이 들어 있는 리플릿과 우리를 여기까지 오게 한 바로 그것! '맥주 무료 시음권'을 받았다. 어두컴컴한 전시실에는 여러 색의 조명등과 네온사인이 홍보물들을 비추고 있었다. 역시나 덴마크도 축구가 인기다. 칼스버그가 후원하는 축구팀에 대한 홍보물이 전시실 한 면을 도배하고 있었다. 한 층을 올라가니 여태 생산된 맥주병들이 가득하다. 아주 오래 전 기술자들이 직접 맥주를 만드는 필름도 상영하고 있었고, 나무로 만든 맥주공장을 재현해놓은 곳도 있다.

전시실 구경을 다 마치고 드디어 맥주를 마시러 가야 할 시간이다. 그런데 한쪽에서 뭔가 웅성인다. 다가가보니, 시골에서 익숙하던 냄새가 그윽하다. 그곳은 바로 마굿간! 커다란 말에 짐을 싣고 일을 하고 있다. 오래 전 실제로 이 말들을 이용해 맥주를 운반했다고 한다. 아이들과 한참 동안 말 구경을 한 후, 맥주 시음장으로 들어섰다. 들어서는 입구에서 여러 가지 맥주들 중 하나를 고르면 직원이 컵에 따라준다. 아이들을 위해서는 콜라, 환타, 물 등의 음료가 준비되어 있었다. 더운 여름날 맥주의 본고장에서 들이키는 그 시원함은 이루 말할수 없었다. 잔을 입에서 떼자 캬~ 소리가 절로 난다. (실제로 소리를 내지는 않았지만!) 각각의 맥주 이름이 쓰여진 잔에 담긴 맥주는 양이 꽤 많아서 모두 얼굴이 약간 달아올랐다. 맥주를 모두 마셨다가는 다음 일정을 소화하기는커녕 길바닥에서 잠이 들어버릴 판이어서 아쉬웠지만 맥주를 남겨 놓고 밖으로 나왔다.

시음장을 나오니 기념품을 파는 가게가 있었고, 한쪽에 모니터가 있었는데, 가까이 다가가보니 뭔가 좀 이상했다. 앞의 사람들을 관찰하니, 카메라가 연결되어 있는 모니터에 자신의 모습을 비추고 사진을 찍어 이메일로 보내는 것 같았다. 우리 차례가 되어 모니터에 얼굴을 들이밀었다. 당연히 정지된 모습의 사진이 찍힐 거라고 생각한 일행은 서로 잘 나와보겠다고 온갖 예쁜 척을 다하면서 사진이 찍히기만을 기다렸다. 그런데 갑자기 이메일 주소를 쓰는 화면이 나와서 메일 주소를 적고 엔터를 쳤다.

나중에 여행에서 돌아와 메일을 열어보고는 푸하하핫! 웃음이 터지고 말았다. 정지화면이 아닌 동영상이었다. 모니터 앞에서 발그레한 얼굴을 쓰다듬으며 "이거 뭐냐? 동영상 아니냐?" 하면서 예쁜 척하는 모습이 약간의 알콜 기운을 머금은 생생한 목소리와 함께 도착해 있었다.

● 오랜만에 남편에게 '유럽동화여행' 이야기를 꺼냈다. 또 렌트를 해서 유럽을 다닐 수 있겠냐니까 그때는 정말 용기가 가득해서 가능했는데, 지금은 자신이 없다고 한다. 내비도 없이 덜렁 지도 한 장 (독일의 동화 마을을 찾아다닐 때는 심지어 '그림 지도'였다!)을 들고 생전 처음 가는 유럽의 여러 마을들을 찾아다닌 건 진짜 지금 생각하니 조금은 무모했던 일인 것 같다. 아무리 동물적 감각을 지닌 길 찾기의 달인인 남편이라 해도 진짜 겁도 없이 말이다. 모쪼록 접촉사고 한 번 없이 안전하게 운전을 도맡아 해준 남편에게 새삼 고마움을 느낀다.

긴 여행을 무탈히 잘 이끌어주신 막내 형님, 바쁘신 와중에 독일 여행에 함께해주신 아주버님께도 다시 한번 감사의 마음을 전합니다!

나의 어린 희구, 한결&조은. 이 여행을 너희와 함께해서 너무나 즐겁고 행복했다! 멋진 추억 오래도록 간직할게!!♡♡♡

---

* 칼스버그 관련 내용은 《유럽 맥주 여행》 (백경학 저, 글항아리, 2018)의 내용을 참고 인용함.

이야기 술

　이 그림은 할아버지와 식사를 하던 6살 손자가 한 이야기를 그린 것이다. 아버님께서는 식사 때마다 꽤 널찍한 커피잔에 매실주를 한 잔씩 반주로 드셨는데, 가끔 여러 잔을 드시고는 구구절절 이야기를 늘어놓으실 때가 있으셨다. 어머님께서는 듣기 싫다고 얼른 식사나 하시라고 불평을 하셨고, 우리 부부는 두 분이 티격태격하시는 모습을 보며 분위기를 살피곤 했다. 매번 99% 어머님의 압승으로 끝나는 밥상머리 전쟁은 실향민 가족에겐 너무나도 흔한 일상이었다.

　이렇게 식사를 할 때마다 할아버지를 유심히 관찰한 어린 손자는 급기야, 할아버지께서 반주를 드실 때마다 이야기가 많아지는 이유를 밝혀내는데… 맙소사! 이날 나는 '아… 내가 천재를 낳았구나!' 라고 생각했다. 이젠, 아버님의 이야기를 말리실 어머님이 이 세상에 안 계셔서 그런지, 반주와 곁들여진 아버님의 이야기들이 쓸쓸하게만 느껴진다.

희구에게 들은 이야기 - 이야기 술 2004
acrylic on canvas 45.5×60.6cm

—

이찌구… 저찌구… 이야기가 우르르 쏟아진다.
아버님은 식사 때 꼭 반주를 하신다. 두 잔이 넘어가면 이야기가 길어지시는데,
어머님은 항상 듣기 싫다고 그만하라고 하신다. 어머님이 안 계시던 어느 날,
희구가 밥을 먹다가 할아버지께 한말씀 드린다.
"할아버지 술 속에는 이야기가 들었구나. 그러니까 술만 드시면 이야기가 나오지."
그리고 보니, 아버님께서 매일 드시는 건 여태 살아오신 삶의 조각들인가 보다.
오늘도 술잔에는 울고 웃는 이야기가 한가득이다.

친구들과 웃고 있는
라이카

　그렇게 최초의 우주 강아지 '라이카'의 진실이 밝혀졌고, 많은 사람들은 라이카의 죽음을 슬퍼했다.

　나는 수많은 동물들이 죽으면 자기들끼리만 살 수 있는 '동물들의 천국' 같은 데가 있을 거라는 생각을 종종했다. 그곳엔 어여쁘고 커다란 무지개 두 개가 항상 떠 있고, 바닥은 보드라운 초록 풀이 돋아 있다. 친구들은 우주 모자를 쓴 라이카를 반갑게 맞이해주었고, 라이카는 더 이상 무섭고 외롭지 않게 친구들과 행복하게 오래오래 살았다!

친구들과 웃고 있는 라이카 2018 acrylic on canvas 32×32cm

화가와 나

나는 모델입니다.
화가는 날 그립니다.
솔직히 날 그린다고는 하지만,
그게 나라는 걸 얘기 안 하면 사람들이 잘 몰라요.

왜냐?
화가는 자기 맘대로 날 그리기 때문이죠.

나는 머리가 그렇게 크지도 않고,
다리가 짧은 편도 아니에요.
그런데, 화가는 날 요상하게 그려놔요.
자기는 화가라서 날 자유롭게 변형해서 그려도 된다나요?

어떨 땐 날 아주 깜찍하게 그리기도 합니다.
그럴 때면 기쁘지만, 결과적으론 별루예요.
사람들이 나의 모습을 보고는 실망을 하거든요.
참, 이건 뭐 좋아할 수도 화를 낼 수도 없는 상황입니다.

나는 나이가 들면서 얼굴이 좀 뾰족해지고,
얼룩 모양도 자리가 좀 바뀌었죠.
그건 뭐 제 맘대로 할 수 있는 건 아니잖아요?

그런데, 화가는 가끔 내게 말하죠.
이런! 둥글고 귀엽던 모습이 어디로 간 거야?
흠… 얼룩의 자리가 또 바뀌었네…

그래서 어쩌라고요?
성형수술에다가 염색이라도 할까요?

하지만, 진짜로 내가 화가 난 건 아니에요.
화가가 더 멋진 그림을 그리려다 보니 그냥 하는 소리인걸
아니까요.

오늘, 화가는 나를 아주 커다랗게 그립니다.

—

아기 개 2014 acrylic on canvas 53×45.5cm

—

조그만 나를 왜 저렇게 크게 그릴까요?

내가 너무 작아서 불만이 있었던 걸까요?
커다란 캔버스가 남아돌아서 그러는 걸까요?

어떤 화가는 자기가 중요하게 생각하는 걸 크게 그린다더니, 나를 아주 중요한 개로 생각하고 있는 걸까요?

화가는 나처럼 평범한 개를 왜 그리는 걸까요?
아마도, 나를 좋아하고 있는 것 같아요.

2015, 가을, 소라가 떠난 후

탄 아이

폭염에 개랑 놀다가 까맣게 탄 아이.

믿기 어렵겠지만, '탄 아이'는 완전히 계획적으로 탄생한 아이다. 타죽을 것 같은 폭염에도 개들의 산책을 게을리하지 않는 탄 아이. 팔뚝의 일부와 다리가 아직 안 탄 건 어제까지는 반소매와 긴바지를 입고 다녔기 때문이다. 얼굴의 붉은 기운은 옷을 칠하다 물감이 남아서 칠한 것 아닌가 하는 의심을 할 수도 있지만 절대 그렇지 않다. 이 아이는 어제까지 챙이 달린 모자를 쓰고 다녔기 때문에 챙 그늘 아랫 부분인 콧잔등이 붉게 익어버린 것이다.

너와 함께 - 단짝 2016 acrylic on canvas 32×41cm

궁금한 건 못 참아!
: PITT artist pen

　가끔, 남들은 전혀 궁금해하지 않는데, 유독 나만 너무나 궁금한 것들이 있다. 그리고 그 궁금증을 해결하고자 백방으로 노력을 하지만, 딱히 성과가 없는 경우엔 실망이 이만저만이 아니다. 이런 일화 중 가장 최근에 해결된 것 하나를 소개하고자 한다.

　수년 전, 파버카스텔 코리아의 이봉기 대표님을 만나뵐 기회가 있었다. 대표님께서는 오래 전부터 음악, 미술 쪽에 애정을 가지고 수많은 예술가들에게 여러 형태의 후원을 해주고 계셨는데, 그때 만남을 가졌던 미술작가들에게도 펜과 연필, 색연필 등 각종 미술재료들을 후원해주셨다. 그 모임에선 당사의 히스토리와 출시 제품들의 사용법 등 흥미로운 이야기들을 해주셨는데 그중 '피트 아티스트 펜 PITT artist pen'이라는 제품이 있었다. 미술 관련한 일을 하는 사람이라면 한번쯤은 접했을 유명한 브랜드이니만큼, 나도 연필을 비롯한 색연필, 수성펜 등을 이미 사용하고 있었다. 하지만 이 수성펜을 회화작업에 사용해봐야겠다는 생각은 하지 못했었다. 보통의 수성펜은 시간이 지나면 휘발되거나 변색되어 미술작품에 사용하기에는 적합하지 않은 경우가 대부분이기 때문이다. 그런데 이 미팅 이후 페인팅 작업을 할 때 세필 대신 사용해보았는데 그 결과가 너무나 만족스러웠다. 추후 더 다양한 컬러를 구입해 현재까지도 세밀한 작업을 할 때 부분적으로 사용 중이다.

이 펜을 본격적으로 사용하게 되면서부터 나는 펜 이름인 'PITT'가 무슨 의미인지 너무나 궁금했다. 사전을 아무리 뒤져보아도 '사람의 성' 정도 밖에는 나오지 않아서, 펜 이름을 만든 분이 '브래드 피트' 광팬이었나 보다… 하고 내 맘대로 결론을 내리기에 이르렀다. 하지만 왠지 뭔가 깊은 뜻이 있을 것만 같았다. 그래서 영어, 독일어 좀 한다는 분들께 문의도 해봤지만 딱히 그럴 듯한 답을 얻지는 못했다. 그렇게 유야무야 한참을 잊고 지내다가 이 궁금증이란 녀석이 또 다시 발동을 한 것이다. 이번에는 확실하게 해결을 해야겠어! 회사로 직접 문의를 해보자!

진주귀걸이 멍멍이 2019
acrylic, pitt artist pen on canvas 45.5×38cm

진주귀걸이 아이 2019
acrylic, pitt artist pen on canvas 45.5×38cm

나는 큰 기대 없이 파버카스텔 코리아 인스타 계정으로 DM
을 보냈다. 그리고 며칠이 지난 후 답변이 왔다.

"…… 문의주신 Pitt 아티스트 펜 중 'Pitt'는 이탈리아어
pittóre에서 본딴 단어이며, 아티스트, 화가 등을 의미합니
다.……"

예쓰! 너무나도 속시원한 답변에 수년 동안의 체증이 쑥 내
려가는 기분이었다. 친절하고 정확한 답변을 해주신 담당자
분 감사합니다!

- 독일의 파버카스텔(Faber-Castell)사는 세계에서 가장
오래된 필기구 및 미술용품 제조업체다.
- 그림의 진주 귀걸이 부분을 PITT artist pen & PITT
artist pen big brush로 작업하였다.

너를 위한
크리스마스 트리

나는 연말이 되면 특별한 크리스마스 트리를 그리곤 한다.
부디 모두의 영혼이 평안하길 바란다.

너를 위한 크리스마스 트리
- 4개의 초, 16개의 구슬, 304개의 크고 작은 큐빅으로 만든 트리
2016 acrylic on canvas 91×117cm

나의
첫 그림물감

바야흐로 때는 국민학교 4학년 미술시간.

새 학년이 되자 담임선생님께서는 '그림물감'을 준비해오라고 하셨다. 다른 아이들 대부분은 플라스틱 튜브 물감을 가져왔는데 나는 모나미 사의 알루미늄 튜브 그림물감을 준비해 갔다. 아마도 당시는 두 가지 종류의 물감이 모두 판매되고 있었던 것 같은데, 그중 나는 알루미늄 튜브를 선택한 것이다.

두근두근… 학교에 도착하여 내 그림물감의 종이 상자 뚜껑을 열자, 쪼로록 가지런하게 새끼손가락 크기의 알루미늄 튜브 그림물감이 누워 있다. 새로 산 물감은 물감과 같이 들어 있는 빨간 플라스틱의 반구형 장식이 달린 압정으로 콕! 찔러 구멍을 내야 한다. 압정을 찌르는 순간, 어떤 기름 같은(수채화 물감이니 당연히 기름은 아니고 수채물감용 메디움) 액체

희구에게 들은 이야기 - 백악기 2003 acrylic on canvas 45.5×60.6cm

가 안료와 분리되어 흘러나오는 듯하더니 이내 오동통한 국수가락 같은 물감이 빠져나온다. 컬러에 따라 조금 묽기도, 되기도 한 물감들을 칸칸이 나눠진 새하얀 팔레트에 색색깔로 짜 놓으면 진짜 무지개가 따로 없다. 붓을 물에 한 번 축이고 나서, 팔레트의 물감을 찍어 붓을 가지런히 고른 후, 도화지에 붓질을 하는 순간!

와… 내가 진짜, '화가'가 된 것만 같았다!!!

그때 나는 갈퀴를 휘날리는 사자를 그렸는데, 황토색 물감을 찍어 연필스케치 위로 슥슥 칠하던 그 경쾌한 느낌이 아직도 생생하다. 아마 그때가 '그림을 그린다는 건 이런 것!'이라고 인식한 최초의 붓질이 아니었나 싶다. 그리고 그때, 다른 친구들의 플라스틱 튜브 물감에 비해 나의 알루미늄 튜브 물감의 발색이 훨씬 좋았던 걸로 기억한다. 그래서인지 친구들과 담임선생님께서는 내 그림이 멋지다고 몇 번이나 칭찬을 해주셨다.

이 오래 전 어린 아이의 소소한 일상은 현재 '화가'로 살고 있는 내 인생의 소중한 퍼즐 조각 중 하나로 남아 있다. 이런저런 기억들을 글로 쓰면서, 산다는 건 이런 작은 '선택'과 '결정'의 조각들이 하나하나 맞춰지는 과정임을 새삼 실감한다.

석문과 회구가 만났을 때 2003 acrylic on canvas 45.5×60.6cm

—

상상다반사 - 친구 2004
acrylic on canvas 112×162cm

—

상상다반사
想像茶飯事

특별할 것 하나 없는 일상 속에서도, 눈을 크게 뜨고 귀를 기울이면 반짝반짝 보석같은 것들을 찾을 수 있다. 나는 그러한 것들을 포착한 후, 나만의 상상을 덧붙여 또 다른 새로운 것을 만들어내는 일을 한다.

이렇게 일상 속에서 찾아낸 특별함을 뭐라고 지칭하면 좋을까 고민하다가 오래 전, '상상다반사想像茶飯事'라는 말을 만들어보았다. 상상다반사는 일상다반사(日常茶飯事)를 재조합하여 새롭게 만든 말인데, 아직 현실에서 일어나지 않은 일들을 머릿속으로 그려본다는 의미의 상상(想像)이라는 단어와 차를 마시거나 밥을 먹는 등 일상의 흔한 일을 말할 때 쓰이는 다반사(茶飯事)를 결합하여 만든 말이다. 즉, 평범한 일상에서 찾은 특별함에 본인만의 상상을 엮어낸 '자기만의 특유한 일상'을 의미한다.

※ 상상다반사 想像茶飯事는 본인의 개인전 (노화랑, 2004) 전시명이기도 하고, '상상다반사' 연작 시리즈의 작품 제목이기도 하다.

단상다반사

배영 2019 acrylic on canvas 33.4×53cm

나르시시즘

거울을 보며 남편에게 말했다.

"내가 보기에, 나는 그렇게 뚱뚱한 것 같지 않은데?"

"그래? 거울이 그렇다면 그런가 보지…."

"……."

우문현답

방대한 양의 작품을 하시는 선생님께 누군가 질문을 했다.
"어떻게 하면, 이렇게 많은 양의 작품을 하실 수 있나요?"
선생님께선 부처님 같은 온화한 미소를 지으며, 특유의 거북이 기어가는 목소리로 느릿느릿 말씀하신다.
"… 빨 리 그 리 면 되 지 요 …"

- 2018년 5월 R 선생님과의 대화 중

단짝 - 양손 2019 acrylic on canvas 24.3×33.5cm

잃어버린 것
vs.
아직 못 찾은 것

고등학생 아들은 자기 물건이 없어지면, 잃어버렸다고 하지 않고 아직 못 찾았다고 표현했다. 처음에는 그 얘기를 듣고 좀 어이가 없었다.

"아직 못 찾은 게 잃어버린 거야!" 하니까,

"잃어버린 게 아니라 아직 못 찾았다니까!" 한다.

이런 환장할 노릇이 있나, 그런데 곰곰이 생각해보니 그 둘은 좀 다른 문제인 것 같기도 하다.

얼마 전, 가족들과 북적북적 설을 쇠고, 며칠 만에 운동을 가려는데 장갑 한 짝이 보이질 않는다. 장갑 한 짝이 없다는 걸 너무 늦게 알아챈 것이다. 설 장보기를 하던 며칠 전 장날, 나는 장갑을 챙겨 나갔다. 장보기를 하면서 돈을 주고받고 하느라 한쪽 장갑은 벗어 외투 주머니에 넣어두고 한손만 장갑을 낀 채 장을 보았다. 그때, 오른쪽 장갑을 외투 주머니에 넣으면서 속으로 생각했다. 이거 어디 흘리면 안 되는데… 설마 잃어버리진 않겠지?

그게 벌써 3일 전, 내 장갑에 대한 마지막 기억이다. 보통은 집에 돌아오면 외투를 벗어 행거에 걸어두고 장갑 두 짝을 챙겨 행거 왼쪽 선반에 올려두는데, 이번에는 그 기억이 없고 3일 전 장갑을 빼서 외투 주머니에 넣은 것, 그것이 마지막 기억이다. 막연히 어디 있겠지? 하고 장갑을 찾기 시작했는데, 생각과 달리 장갑을 찾을 수가 없었다. 장보기 마지막 코스였던 마트에도 들러 분실물이 있나 물어봤지만 여전히 찾을 수 없었다. 이틀 사흘, 장갑이 나타나질 않으니 찾기를 '포기' 하는 수밖에…. 이렇게 찾기를 '포기' 하는 경우, 그 장갑은 '잃어버린 것'이다.

반면, 내겐 아직 찾지 못한 물건도 있다. 몇 년 전 사라져버린 목걸이의 펜던트가 그것이다. 어여쁜 후배가 선물해준 빨강 파랑 조그만 큐빅이 박힌 못난이 진주 펜던트인데 특이하고 예뻐서 오랫동안 아끼던 물건이었다. 그 목걸이가 없어진 건 진짜 미스터리하다. 나 같은 경우, 물건을 잃어버리더라도 대부분 제일 마지막 모습이 기억에 남아 있는데, 이 목걸이는

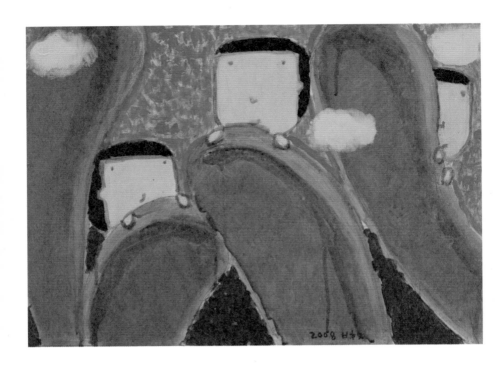

—

It's me 2008 acrylic on canvas 33×46cm

—

언제 어디서 풀어놓았는지가 전혀 기억이 나지 않는다. 여기 저기 내가 평소 목걸이를 풀어놓는 곳을 샅샅이 뒤져보았지만 결국은 찾지 못했다. 그런데 이 목걸이만큼은 찾기를 '포기할 수가 없었다.' 몇 년이 지난 아직까지도 '잃어버렸다'는 표현을 쓰기가 싫다. 결국 이 목걸이는 '아직 못 찾은' 채로 수년째 여전히 찾고 있는 중이다.

그 외에도 오랜 시간이 지났지만 가끔씩 생각나는, 나를 떠난 물건들이 있다. 버스에서 졸다가 급하게 내리느라 놓고 온 아끼던 3단 우산, 어릴 적 엄마가 선물해준 꽤나 묵직했던 금목걸이(금붙이를 자주 잃어버리는 듯;), 가족과 함께 떠난 유럽여행 중 여행 후반에 들른 프라하의 한 지하주차장에서 도둑맞은 수동카메라! 소중한 '추억'들을 몽땅 도둑맞아 너무나 속상했던 기억이 난다.

공동저자,
아니 제1 저자

남편에게서 전화가 왔다. 좀 전에 아버님을 모시고 농협에 일을 보러 갔는데, 아버님께서 농협 직원의 책상 위에 놓여 있는 탁상 달력을 가리키며,

"어? 이거 우리 며느리 그림인데?!" 하셨고,

그러자 곁에 있던 농협 직원 분들께서 하나둘 모이시더니,

"어르신! 훌륭한 며느리를 두셨네요!"

하며 아버님께 축하의 말씀을 전했다고 한다.

(이런 얘기 직접 쓰기 쑥스럽…)

아버님께서는 한참 전부터 노안으로 인해 시력이 많이 좋지 않으셨고, 더군다나 며느리 그림에 크게 관심이 없으신 줄 알았는데, 며느리 그림의 화풍을 정확히 인지하고 계셨던 것이다. 그 얘길 전해 듣는 순간 좀 죄송한 마음이 들었다. 커다란

숫자의 벽걸이 달력을 애용하시는 아버님이신지라, 깨알같은 글자들의 탁상 달력은 챙겨드릴 생각도 안 했는데, 이렇게 찰떡같이 알아봐주시고 뿌듯해하셨다니!

한 번은 어머님께서 문갑을 정리하시는데 옆에 앉아 구경을 한 적이 있었다. 문갑 안쪽, 한쪽 구석에는 논문이 여러 권 쌓여 있었는데 우리 부부의 대학원 졸업 논문을 포함하여 형님, 아주버님들의 석사, 박사 논문이었다. 나도 내 논문을 어디 보관했는지 기억이 가물가물한데, 의외의 장소에서 논문들이 나오니 좀 의아했다. 설마, 두 노인께서 저 논문들을 읽으려고 보관하시는 건 아니겠지? 호기심에 기웃기웃 들여다보니 심지어 한글이 아닌 논문도 몇 권 있었다.

어머님께서는 자식들이 열심히 공부해서 써낸 논문들을 소중히 보관하셨다가 가끔 꺼내어 한 권 한 권 마른 수건으로 조심스럽게 먼지를 닦으신 후, 제자리에 다시 차곡차곡 쌓아 놓으셨다. 어찌보면 그 논문들은 단순히 한 개인의 연구 결과물이 아닌, 당신들의 물심양면 후원으로 이뤄낸, 자식과의 공동의 결과물이라고 해야 하지 않을까 싶다. 어머님께서는 논문들을 어루만지시며, 그간 자식들 공부시키시느라 고생하셨던 때를 추억하고 계신 듯했다. 문득, 이 세상 대부분의 부모님들은 자식들 논문의 '공동저자'가 아닐까 하는 생각이 들었다.

—

당신의 정원 2014 acrylic on canvas 45.5×53cm

—

어머님께서 돌아가신 지 벌써 6년이 지났다. 며느리 전시 때마다 늘 떡을 맞춰 들고 전시장에 찾아오곤 하시던 어머님 생각이 난다. 요담에 어머님 뵈러 갈 때는 며느리 그림으로 만든 탁상 달력을 챙겨 가야겠다.

2019 봄

어머님의
기일

세상 무심하신 줄만 알았던 아버님께서
꽃 좋아하시던 어머님께 드린다고
철쭉을 한아름 꺾어 놓으셨다.

세상에 이런 일이… ♡..♡

—

동백사랑 2008 acrylic on canvas 53.2×73cm

—

딱 좋은 날

남편이 에세이 출간을 위해 원고를 준비하는 동안 나는 한 번도 원고를 보여달라고 하지 않았다. 각자의 경험과 추억은 별개의 것일 텐데, 원고를 들여다보면 분명 잔소리를 하게 될 것이 뻔하기 때문이었다. 하지만, 사전검열을 안한 탓에, 나와 아들의 사생활이 은근히 폭로되어 있었다.

책을 다 읽고 덮는 순간, 어머님에 대한 그리움이 더 절절하게 표현되어 눈물이 왈칵 쏟아질 만한 내용이 들어 있지 않아 좀 의아했다. 그래서 물어보니, 너무 슬플까 봐 그랬다고… 그래서 아버님과의 얘기도 아웅다웅 즐거운 이야기 위주로 썼다고… 이쯤에서 나와 아들이 이 책의 재미(저자는 문학적 표현이라고 우긴다)를 위한 희생양이 된 거구나, 하는 확신이 들었다.

잘 자라라 2013 acrylic on canvas 70.9×91cm

어머님께서는 돌아가실 즈음에, "내 장례 때는 모두 예쁘게 차려입고 오너라. 그리고 꽃들이 아주 많았으면 좋겠다. 또, 너무 많이 울지들 말거라!" 이렇게 여러 차례 당부하셨다.

어머님 42세 때 낳으신 막내아들이 장가가는 것만 보고 죽으면 여한이 없겠다고 하셨다는데, 어머님은 그 막내아들이 장가를 가서 낳은 손주가 청소년으로 성장하는 것까지 보시고, 4년 전 따스한 봄날 돌아가셨다.

책이 나온 그 이튿날, 하늘에는 조각구름이 동동 떠 있었고, 남편과 나는 책 한 권을 싸들고 어머님을 뵈러 갔다. 하늘나라에 계신 어머님께서 우리 막내아들 장하다고 미소 지으시며 한말씀 하신다.

"야! 이눔아!! 남사스럽게, 내가 입 벌리고 자는 건 왜 썼어? 2쇄 때는 백설공주처럼 잠들었다고 수정해라!!!"

2017 가을

● 《딱 좋은 날》 (강석문 지음, 샘터, 2017)

낙엽

　여름이 지나고 가을이 되면 나무에서 이파리가 하나둘 떨어지기 시작한다. 나무가 겨우내 말라죽지 않으려고, 수분이 빠져나가지 못하게 나뭇잎을 떨어뜨리는 것이다.

　나무가 많은 우리 집 주변은 그때그때 쓸어버려도 낙엽이 계속 쌓인다. 쌓인 낙엽은 늦가을 내내 집 주변을 데굴데굴 굴러다니다가 적당한 곳에 자리를 잡는다. 그렇게 겨우내 눈을 맞고 햇볕에 바짝 말랐다가 비에 젖고 또 마르고⋯ 곤충들은 낙엽을 먹기도 하고 쌓여 있는 낙엽 밑에서 따뜻하게 겨울을 나기도 하지만, 마른 낙엽이 쌓인 산에서는 간혹 뱀이 숨어 있을 수도 있고, 산불의 원인이 된다고도 한다.

　겨울이 끝나갈 무렵, 금방이라도 봄이 올 것만 같던 날씨는 눈이 펑펑 내리더니 며칠을 더 추웠다. 그러고 나서 봄비가 주룩주룩 몇 번 내리니 낙엽이 축축해지고 시커멓게 변하기 시작했다. 이제는 진짜 낙엽을 거둘 때가 된 것이다!

남편은 시커메진 낙엽들을 한쪽에 모아 두었다가 퇴비로 사용할 거라고 한다. 낙엽이 흙 속의 미생물에 의해 분해되어 자연스럽게 '거름'이 되는 것이다. 근래에는 토양이 산성화되는 바람에 미생물들이 죽어버려 낙엽이 잘 썩지 않는다고 한다. 그런데 우리 집 주변의 흙은 상태가 좋은 것인지, 오래된 낙엽들이 부서지고 썩어버려 뭔가 되게 좋은 '영양제' 같은 느낌이 난다.

봄여름 내 열심히 살던 '이파리'들은 가을, 겨우내 '낙엽'이 되어 '엽생' 2막도 최선을 다한 후, 그제서야 진짜 땅으로 돌아간다. 자세히 들여다보니, '이파리'의 일생도 이토록 감동적이다.

나무가 있는 풍경 1988 oil color on canvas 45.5×37.5cm

나의 첫 '유화'다.

철창 안의 삶

이 모든 게 인간들의 짓인데,
반성도 없고 변명만 늘어놓는다.

단지, 돈 때문에?
참 너무하다는 생각이 든다.

어둠 속의 듀란듀란 2017 acrylic on canvas 45.6×65cm

—

BLUE GRAY - 오물강아지 2017 acrylic on canvas 33.4×53.2cm

—

BLUE GRAY - 오물강아지 2017 acrylic on canvas 33.4×53.2cm

밀당

언제나 나를 cctv처럼 감시하는 개들과 내가 뭘 하든 말든 신경 안 쓰는(척하는 거겠지?) 고양이. 멀리 떨어져 있는 그들의 이름을 불러, 양팔 벌려 안아본 사람은 잘 알 것이다. 고양이가 달려와 품에 안기는 건 개보다 5배는 더 감동적이다.

네루님! 정말! 내게 달려와 안겨주셔서 진심으로 감사드립니다!! 라고 뜨거운 눈물을 흘리며 감사의 인사를 전하고픈 마음이 들 정도. 요즘 네루한테 밀당을 확실히 배우는 중이다.

Hug 2017 acrylic on canvas 37.8×45.5cm

니 마음대로
생각하세요

사이좋게 나눠 먹는 걸,
누군가는 서로 빼앗아 먹는다고 한다.
그 누군가는 배가 고팠을 확률이 크다.

너와 함께 - 알리오 올리오 2016 acrylic on canvas 60.5×91cm

사과를
더 맛있게
먹는 방법

1. 사과를 씻어 껍질째 4등분한다.

2. 씨를 발라낸다.

3. 각 조각을 같은 방향으로 3등분한다.

4. 총 12조각 난 사과를 포크로 찍어 먹는다.

단, 사과가 맛있어야 한다.

—

사과 한 알 2014 acrylic on canvas 65.3×53cm

—

노력해
보겠습니다

총 열 명 정도 참석하는 모임이 있었는데, 한 명이 약속 시간이 되어도 나타나지 않았다. 모임의 주최자가 연락을 해보니, 돌아온 답변은 "노력해 보겠다."

이 답변을 들은 참석자들 사이에서 성토대회가 열렸다.

"아니, 오면 오는 거고 못오면 못오는 거지 노력해 보겠다는 건 뭐야?"

"올 마음이 없나 보지?"

결국 모임이 끝나도록 노력해 보겠다던 사람은 나타나지 않았다. 누군가에게 초대를 받고서 당장에 "못가요" 하기 힘들어 "참석하도록 노력해 보겠습니다" 했던 기억이 스치면서, 담부턴 그러지 말아야겠구나! 하고 생각했다.

—

Bridge over troubled the water 2017
acrylic on canvas 32×32cm

—

일종의
사기

아이가 고등학생 때, '보위' 프린트 티셔츠를 사서 입고 다니길래,

"너, 보위 음악 들어봤어?" 하니까

"아니!" 그런다.

그래서 나는 "야! 그거 일종의 사기야!" 했더니,

"엄마, 그렇잖아도, 우리 반 어떤 여자애가 너 보위 좋아해? 그러더라!"

"그래서 뭐라고 대답했어?" 했더니,

"그냥 웃었지 뭐…."

● David Bowie : 가수, 영화배우

(David Robert Hayward Jones, 1947~2016, 영국)

단짝 - 자세히 보면 줄무늬가 있는 검은 고양이 2018
acrylic on canvas 45.5×65.4cm

결국,
인상 때문이었다는
결론

　늦은 저녁, 고단한 하루 일정을 모두 마치고 오랜만에 지하철을 탔는데 마침 자리가 하나 있어서 기분 좋게 앉아 가게 되었다. 나는 좀 피곤해서 반수면 상태였는데, 옆자리의 아저씨가 언제부터인지 이어폰 없이 동영상 시청을 하고 있었다. 자다 깨다를 반복하던 나는 지하철 소음과 함께 영상의 대화가 뒤섞여 들려오는 바람에 아주 죽을 맛이었다. 아… 이 아저씨 참… 공공장소에서 이어폰 없이 영상을 보다니! 힐끗힐끗 쳐다보며 눈치를 주었지만, 아저씨는 아랑곳하지 않았다.

　저기, 아저씨! 죄송하지만, 이런 공공장소에서는 이어폰을 꽂고 보시든가, 소리 안 나게 영상만 보시든가 하셔야 할 것 같은데요? 이렇게 소리를 크게 해놓으시면, 원하지 않는 영상 내용을 제가 듣게 돼서 상당히 불편합니다. 혹시 이어폰 없으

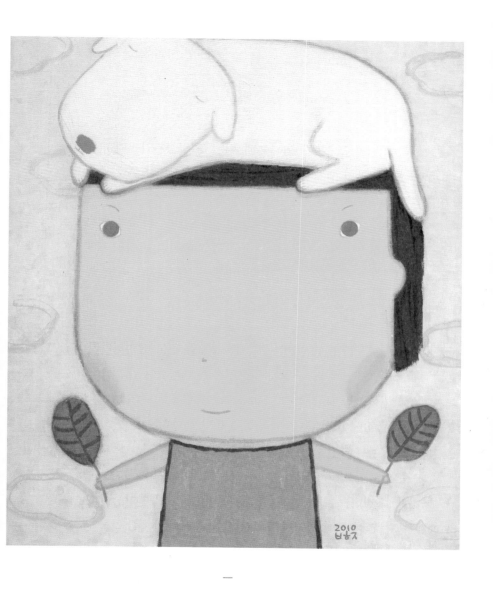

흰둥이 2010 acrylic on canvas 53.2×45.8cm

시면, 하이마트나 휴대폰 파는데, 아님, 지하상가라든지… 길 다니시다 보면 쉽게 찾을 수 있거든요. 귀에 꽂고 들으시면, 소리가 집중돼서 영상을 좀 더 집중해서 보실 수가 있기도 하고요. 아, 요즘엔 무선 블루투스 이어폰도 있어요. 줄이 없으니 거추장스럽지도 않고 너무 편하겠죠? 하지만 귀에서 빼시면 보관을 잘하셔야 합니다. 잃어버릴 수 있거든요. 여튼, 앞으로는 조금만 신경 써주시면 좋겠어요!!!

라고 얘기를 할까 말까 할까 말까 200번 정도 고민하다가, 내릴 역에 도착하는 바람에 타이밍을 놓쳐버렸다. (200번 정도 고민한 경우도 타이밍을 놓쳤다는 표현을 쓰는지 모르겠지만…) 집에 오는 내내 꽤 긴 시간 동안 한마디 할까 말까 하도 망설여서 그런지, 몸속에 뭔가 사리같은 게 잡히는 느낌이!

주저주저하다가 결국 한마디도 못하고 내린 게 아쉽기도 했지만, 솔직히는 슬쩍 곁눈질을 했을 때, 그 아저씨 인상이 그리 좋지 않아 입이 떨어지지 않았다. 섣불리 내가 잔소리를 퍼부었다가 오히려 봉변을 당하게 될지도 모를 일 아닌가?

아무 말도 안 하길 정말 잘했어! 그 아저씨가 네가 뭔데 잔소리야! 하면서 오히려 시비를 걸었을지도 모르는 일인데 말이야… 요즘 세상이 얼마나 험한데! 잔소리도 인상 봐가면서 해야지! 애써 스스로를 위로해본다.

영정
影幀

오래 전 어린 고무나무 화분을 사다가 꽤 잘 키웠다. 그런데 무슨 문제가 있었던 것인지, 시름시름 앓다가 죽어버렸다. 내가 뭘 잘못한 걸까? 한동안 자책을 했다.

그림을 그리다가, 가끔 이런 생각을 한다.
인물, 정물, 풍경, 사물 등 무언가를 들여다보고 그림을 그릴 때면 이게 영정(影幀)이 될 수도 있겠구나….

고무나무 2007 acrylic on canvas 53.2×33cm

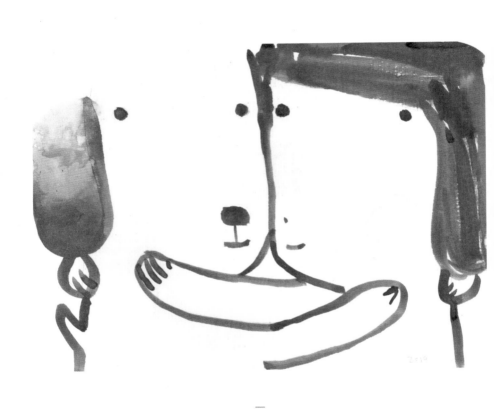

Big hug 2019 acrylic on canson paper 24×32cm

빅허그
Big Hug

　최근, 아버님께서 부쩍 수척해지셨다. 올해로 94세가 되셨으니, 어쩌면 당연한 일이다. 양평에 집을 지어 같이 살자고 약속하셨지만 아버님은 시골집을 떠나지 않으셨다. 하는 수 없이 남편이 양평집과 시골집을 오가는 생활을 하는데, 최근에는 아버님을 돌보느라 시골집에 머무는 시간이 많아졌다.

　누가 몸에 손대는 걸 꺼려하시던 아버님께서 이제는 아들의 부축 없이 일어나지 못하신다. 남편은 아버님을 꼭 안아 일으켜드리고, 꼭 껴안아 침대에 앉혀드린다.

　아버님께선 옅은 미소를 지으시며, "포근하구나... 따뜻해서 좋구나..." 힘없는 소리로 말씀하신다. 아들의 품에 쏘옥 안겨 일어나고 앉는 아버님은 마치 아기가 되신 것 같다.

　남편이 말한다.

　"아버지! 당신을 꼬옥 안을 수 있는 지금, 행복하고 감사합니다!"

기도

무교인 나도 가끔 기도를 한다.

더 아프지 않게 해주세요.
더 나빠지지 않게 해주세요.
더 힘들지 않게 해주세요.

4월이 어떻게 지나갔는지 모르겠다.

소박한 기도 2018 acrylic on canvas 33.5×24.4cm

High-five 2018 watercolors on paper 16.7×16.7cm

용기

식당에서 밥을 먹고 나가려는데, 계산대 옆에 손가락선인장이 보인다.

주인아주머니한테,

"사장님! 이거 하나만 뜯어주심 안 돼요?" 하니까,

"사람이 하는 일인데 안 되는 게 어딨어요? 몇 개 뜯어가요!" 하신다.

"감사합니다! 한 개만 뜯어갈게요!" 하고

선인장을 뜯어 집으로 가져왔다.

그러고 보니, 여태 살면서,

처음 본 사람한테 뭔가를 달라고 말해본 건 처음인 듯하다.

오늘,

왠지 '용기'가 조금 더 생긴 느낌이다!

대학을 졸업한 해부터 '화가' 혹은 '미술작가' 생활을 시작하여 크고 작은 갤러리, 미술관 등에서 여러 형태의 전시를 하고 수많은 사람들을 만나며 다양한 경험을 쌓아 지금의 내가 되었고 내 그림이 있다.

그림 그리기의 소재를 '일상'에서 찾는 나 같은 경우, 주변 환경의 변화가 그간의 작품세계의 변화에도 고스란히 드러난다.

대학 입학 때부터 살기 시작한 '옥상'이 있는 건물은 나의 20대 후반의 단골 작업 소재로 등장하였다. 결혼 후, 살게 된 '아파트'에서는 아이 키우기와 그 안에서의 생활들을 그림으로 그려내었고, 시부모님의 '과수원집'으로 이사해서는 또 그곳의 환경에 따라 작품 속 이야기가 바뀌었다. 반복되는 생활을 잠시 떠난 낯선 장소로의 여행은 내 몸안의 잠자던 감각들을 자극한다. 오래 전부터 꾸준히 등장하는 여러 '동물'과 '식물'들도 나의 단골손님이다. 그렇게, 이 책의 '내 주변' 이야기들은

멋대로 1994 acrylic on canvas 130×194cm

나의 '작업' 이야기이기도 하다.

'개 반, 사람 반'인 이 책에는 현재 돌보고 있는 녀석들에 대한 애틋함과 고충이 들어 있다. 녀석들과의 동거는 기쁨과 행복이 넘치지만 함께 사는 일은 실전이고 현실이기 때문이다.

어쩌다 내 곁에 오게 된 이 귀여운 생명체들! 나는 이 녀석들을 제대로 책임지고 있는 걸까? 그럴 만한 자격이 있는 걸까? 종종 그런 생각을 한다. 한 생명을 책임진다는 것은 무한한 애정과 부단한 노력, 나름의 경제력이 따라줘야 하기 때문에 머릿속으로 생각만 한다고 되는 일은 결코 아니다. 머리로 생각을 하고 마음을 먹은 후, 몸이 움직여 실천을 해야 되는 것이다.

2월 초, '작금의 상황에선, 악수를 하지 않는 게 미덕'이라는 뉴스를 보면서, 뭐 잠깐 동안이겠지… 하고 생각했었다. 수개월이 지난 지금, '사회적 거리 두기'가 일상이 되어버렸고, 누군가와 손을 잡고 서로를 안아주는 일을 불신하게 되었다. 혹시 내 앞의 이 사람한테서 바이러스가 옮겨오지 않을까? 나한테서 옮겨가진 않을까? 이런 걱정을 하게 되다니…. 평범했던 일상이 하나둘씩 금기시되고 있다. 혹자는 이전의 모습으로 다시는 돌아갈 수 없을지도 모른다고 말한다. 앞으로의 '일상'은 어떻게 펼쳐질까? 지금의 순간순간이 더 소중하게 느껴지는 요즘이다.

저의 첫 에세이를 따뜻한 말씀으로 응원해주신, 파버카스텔 코리아 이봉기 대표님, 푸르메재단 백경학 상임이사님, (주)보듬컴퍼니 수잔 엘더 이사님께 진심으로 감사드립니다.

오랜 시간 제 작업을 지켜봐주시고 늘 애정 어린 피드백을 주시는 미술평론가 한신대 공주형 교수님께도 늘 감사드립니다.

네루와 미미에게 무지개 빛깔의 '새보호목도리'를 나눔해주신 '새'와 '자연' 다큐멘터리 유튜브 〈새덕후 Korean Birder〉 김어진님께도 고마운 마음을 전합니다.

2020
초여름
ㅂ ㅎ ㅈ

주말 오전, 집밖에 낯선 손님이 찾아오셨다.

아이 방 창문을 열고, 어떻게 오셨어요? 했더니 며칠 전, 우리 동네로 이사를 오셨다고 한다. 주섬주섬 외투를 챙겨 입고 내려가보니, 나보다는 연배가 좀 있어 보이는 남자 분이 음료 한 박스를 들고 계셨다.

"안녕하세요? 이 동네로 이사를 오셨어요?" 했더니, "네, 저집으로 이사를 왔습니다. 이제 3일 됐어요!" 하신다.

그 분의 손이 가리킨 곳은 다름 아닌 미미의 집이었다. 한참 전부터 비어 있는 것 같은 느낌은 들었지만, 그 집 주인장에게 미미가 우리 집에 놀러온다는 얘기까지 해두었기에 별로 신경을 쓰지 않고 있었다. 그런데 생각해보니 그동안 한 번도 미미를 찾으러 오지 않았다.

새로 이사 오신 이웃 분께 혹시 그 집에 살던 사람이 고양이 얘기하는 거 못 들어봤냐니까, 그런 얘기를 들은 적은 없는데,

부인이 말하길 집 근처에서 가끔 검은 고양이가 쳐다보고 있었다고….

　그 얘길 듣는 순간 마음이 좋지 않았다. 미미는 우리집 멍멍이들 산책 때 꼭 따라다녔는데, 나는 저녁 산책 때면 미미를 집 쪽으로 데려다주었다. 그런데, 언제부턴가 그 집이 비어 있는 것 같은 느낌이 들어서 이상하다 생각했었다. 아마도 미미가 본격적으로 우리 집에 놀러오기 시작했을 때, 이미 그 집은 비어 있었고, 미미는 새로 이사 온 이 분들이 혹시 자기 주인이 아닐까 싶어 요 며칠 집 근처를 배회한 것 같다.

　어떻게 한마디 말도 없이 이사를 가버리지? 순간 당황스러웠지만 이 상황을 받아들이기로 마음을 고쳐먹었다. 어찌 생각해보면, 이 모든 선택은 미미가 한 것이다. 미미는 버림받은 게 아니라 주인을 버린 것이고 나는 미미에게 새로운 집사로 간택된 것이다. 이렇게 생각하니 오히려 마음이 편하다.
　그동안 주인이 있는 고양이를 함부로 집에 들일 수 없어 고민을 했었는데 이젠 '미미'에게 정정당당히 '캣도어 프리패스 출입증'을 발급해주었다.
　"미미야! 네루랑 멍멍이들이랑 사이좋게 지내고, 우리 집 외출고양이 통금은 12시니까 앞으로 잘 지켜주길 바래!"

그리하여, 2020년 3월 21일 현재 턱시도 고양이 '미미'가 우리집 정식 동물 가족으로 인정되어 최종 5멍 2냥이 되었다. 구내염 걸린 누런 고양이 치즈도 그동안 약을 꾸준히 다 받아먹어서 상태가 조금 좋아졌고, 현재는 우리 집 차고 한쪽에 마련해둔 집에서 생활 중이다. 며칠 전에는 집 뒤편에서 '청솔모'와 눈이 딱! 마주치기도 했다! 그동안 네루를 피해 잘 지내고 있었던 모양이다!

모두들 잘 살아줘서 고맙다!

너에게 - 행운 2017 acrylic on canvas 72.8×91cm

탄 아이 : 자기 주변의 동물들을 책임감 있게 보살핀다. 아무리 덥고 추워도 멍멍이들과 산책을 나간다.

소라 (여) : 수지의 엄마. 시골집에서 어린 시절을 행복하게 보냈으나, 양평으로 이사한 후 한 달 만에 불의의 사고로 세상을 떠났다. 소라 보구 싶다!

이쁜이 (여) : 팬더의 엄마. 소심하지만 강단이 있다. 꼬마랑 비슷한 나이. 멍멍이 별로 가던 날, 아침도 먹고 낮잠 자는 듯 떠났다. 이쁜이 잘 지내니?

유시진 (중, 8세 추정) : 동네 주변을 떠돌다가 입양되었다. 우리 집 동물들 중 체격이 가장 좋고 온순하며 리더십이 있다. 같이 생활하는 모든 개, 고양이와 사이가 좋다.

꼬마 (여, 15세 추정) : 아랫집 마당에서 팬더, 이쁜이와 함께 살던 녀석. 이 녀석의 견생을 책으로 쓰면 5권 정도 될 것이다. 삶의 의지, 질투심과 욕심이 내가 본 개 중 최고다. 보호자에 대한 집착이 극에 달해, 결국은 '팬더'와 '원수' ㅠㅠ가 되는 지경에 이르렀다.

팬더 (여, 6세) : 이쁜이의 딸. 사람에겐 천사이나, 1인자 유시진을 제외한 모든 개들에게 못되게 군다. 그중 꼬마를 심하게 괴롭히다가 크게 당하고 현재는 꼬마 쪽으로는 오줌도 누지 않는다. 팬더! 이제 그만 인정해! 너 3인자야!...

수지 (여, 6세) : 소라의 딸. 소심하지만 호기심이 강하다. 새로 산 방석이나 간식 등 새로운 건 제일 처음으로 체험해보는 '얼리어답터.' 너무 착해 빠져서인지 다른 개들한테는 좀 치이는 편. 목소리는 제일 크다.

 똘똘이 (중, 2세) : 시골집 업둥이 출신. 아명은 지민. (네, 맞습니다. BTS 지민!!) 지민으로 계속 부르려고 했지만, 부모님께서 '사촌의 이름(동명의 사촌이 있음)을 개 이름으로 부르는 건 적절치 않다'라고 주장하시기도 했고, 워낙 똘똘해서 '똘똘이'로 최종 결정했으나, 그렇게 똘똘한 편은 아닌 듯...

 네루 (중, 4세) : 엄마네 집에서 온 턱시도 외출고양이. 미미의 공식 남친이지만 인정하지 않는 듯... 인간이고 개고 다 알아서 피하게 하는 카리스마 넘치는 성격. 하지만 먹이를 챙겨주는 나한테는 가끔 부비부비도 하는 츤데레 '까까시냥(까맣고 까칠한 시골 고냥이).'

 미미 (여, 3세 추정) : 놀러오는 고양이였다가 우리 집 외출고양이로 살고 있다. 얘도 턱시도이고 네루 공식 여친. 오종종한 이목구비로 첫인상은 비호감이었으나, 하는 짓이 넘 사랑스러워, 주변 '인간'들이 모두 좋아한다. 사람에게 사랑스런 것과는 별개로, 남친 네루는 별로 좋아하지 않는다. 네루가 까칠하게 구니 급기야 네루를 '스토킹'하기도;; 네루의 살벌한 냥냥펀치를 맞아가면서도 따라다니는걸 보면, 자존심은 개를 줘버린 듯...

 치즈 (남, 8세 추정) : 동네 떠돌이 할배고양이. 4년 전 찍어놓은 사진에 젊은 모습의 치즈가 있어 깜짝 놀랐다. 이젠 늙고 병들어 밥 얻어먹으러 작업실 옆 차고로 찾아온다. 구내염으로 건강 상태가 많이 안 좋았는데, 최근 약을 먹고 좀 좋아진 듯 보인다.

탄아이와
동물 친구들
2020 박하J